文学新观赏 青少年读写范典丛书

高长梅 王培静 主编

小黑豆做英雄

孙传侠 著

花山文艺出版社

图书在版编目（CIP）数据

小黑豆做英雄 / 孙传侠著.—石家庄：花山文艺出版社，2013.6（2021.6重印）

（"读·品·悟"文学新观赏·青少年读写范典丛书）

ISBN 978-7-5511-1048-8

Ⅰ.①小… Ⅱ.①孙… Ⅲ.①小小说—小说集—中国—当代 Ⅳ.①I247.8

中国版本图书馆CIP数据核字(2013)第111885号

丛 书 名：文学新观赏·青少年读写范典丛书
主　　编：高长梅　王培静
书　　名：小黑豆做英雄
作　　者：孙传侠

策　　划：张采鑫
责任编辑：郝卫国
责任校对：齐　欣
特约编辑：李文生
全案设计：北京九洲鼎图书有限公司
出版发行：花山文艺出版社（邮政编码：050061）
　　　　　（河北省石家庄市友谊北大街330号）
销售热线：0311-88643221
传　　真：0311-88643234
印　　刷：永清县晔盛亚胶印有限公司
经　　销：新华书店
开　　本：710×1000　1/16
字　　数：165千字
印　　张：11.5
版　　次：2013年7月第1版
　　　　　2021年6月第2次印刷
书　　号：ISBN 978-7-5511-1048-8
定　　价：36.00元

（版权所有　翻印必究·印装有误　负责调换）

读,是为了更好地写

高长梅

阅读的目的是长见识,是提升自己的文化素养。这是"读"的基本意义。

很多时候,我们的阅读也无任何的目的,就是为了消遣,为了解闷,为了打发时光。其实,这是"读"的另一种境界。

但对学生乃至爱好写作的人而言,"读"还是为了"写",即人们常说的"读写结合"。这,却是大有讲究的。

"读什么","怎么读","读"如何促进"写",这个问题困扰人们少说也有两千多年了。外国不言,单说我国自《诗经》始,《四书五经》到《千家诗》《古文观止》《唐诗三百首》,哪一个的"读"不涉及后人的"写"?"熟读唐诗三百首,不会作诗也会吟"就说明了"读"和"写"的朴素关系。

"读"于"写"的第一点,当是语言的积累。对绝大多数人而言,"会说"也"能说"几乎是与生俱来的,但这些不一定就是我们写作的语言。即使你"会说"、"能说",但不一定能准确表述你的想法,你的所见所闻;尤其是不一定能用丰富的、生动的、形象的语言或简洁的、凝练的、科学的语言来描述人或事物或观点。写作当如建房,没有各式各样的语料积累,其结果可想而知。巧妇难为无米之炊,再牛的能工巧匠没有基本的建筑材料他也盖不起房子来。但语言积累,不是简单的语言记忆,要内化为自己的,要在自己的胸中发酵,要让它带上自己的思想、情感。这样,在写作运用时,就不会是简单的模仿甚至抄袭。即使是原句引用,也会与你的文章融为一体,恰到好处。初学写作者,常常苦恼自己词汇少,不能准确表述自己的思想;或苦恼自己写得干巴巴的,没血没肉;或苦恼自己虽写得字通句顺,却不像别人写的那样摇曳多姿;等等。多积累语言,是根治这种"疾病"的唯一药方。因此,我们在"读"时,就要看别人是怎么用字、怎么用词、怎么用句……来描写、叙述、来情、议论的。

"读"于"写"的第二点,当是技巧的化用。"我手写我心",看似简单轻松,看似随意,但正如建房,砖头、瓦块、木料等都摆在了你的面前,却不是任何人都建得了房的,你得有建房的技能。写作也是一样,你得掌握一定的技巧。人物怎么描写,事件怎么叙述,情感如何抒发,道理如何论证,等等,你得掌握其基本的方法,然后才能"心到手到",写出一篇像样的文章。我们要像建房者,先做"小工",看人家是如何砌墙、如何粉刷的;然后做"匠人",亲自实践,在模仿中掌握其方法,逐渐为我所用;"匠人"做多了,熟练了,就成了"师傅"。"师傅"一级,技巧娴熟,房建得漂亮。而用心的"师傅"爱钻研,爱琢磨,结合他人的方法创造出更好的新方法,他就成了"建筑师"。写作同理。我们不少阅读者,语言的积累比较重视,但琢磨人家写作技巧的不多,所以文学爱好者不少,但成为作家的就少多了,原因大概与这有一定的关系。因此,我们在"读"时,就要看别人是如何选择材料、如何谋篇布局、如何安排结构、如何运用表达方式、如何布置情节……看他们如何安排重点、如何把人物写活、件、如何条分缕析丝丝入扣、如何巧妙起承转合……

"读"于"写"的第三点,当是思想的融合。有了语言的积累,也掌握了一定的技巧,文章也写得是这么一回事了。但你的文章仅仅止于此,那也不过如同一栋能住人的房子而已。一篇文章品质的高低,除了语言的准确、生动、丰富、优美、灵动……除了构思的奇巧、结构的多元、情节的波澜、布局的精妙、手法的多变……是否有思想就显得格外重要。我们常说,这篇文章语言优美,构思巧妙,但立意不高。我们还常说,这篇文章不仅语言优美,构思巧妙,而且立意高,有思想。一篇仅靠语言打扮的文章,就好比一个俗人涂脂抹粉；一篇仅靠卖弄技巧和语言的文章，就像一个没有灵魂的美人卖弄风骚而已。语言可以记忆，技巧可以模仿，但思想要靠领悟，要融入作品之中去反复地阅读，要从深层次去寻找作者的精神。有的人的文章写得很美，技巧也妙，但就是没有深度，没有思想，没有灵魂，没有底蕴，往往就事论事，往往只是当复印机，复制了场景，复制了人物，复制了事件，但都是没有活力，没有生气，没有精神的。在阅读中提升自己的思想，的确常被我们忽视。思想靠别人的潜移默化来，精神也靠别人的影响而来。我们常听说在阅读中提升了自己，净化了自己，受了一次洗礼似的教育，等等，大约就是指这些吧。所以，我们在"读"时要琢磨别人是如何通过人物的描写表现人物的思想、精神，琢磨别人如何通过将一般人眼中的小事、凡事写出其社会价值，琢磨别人如何从一滴露珠看出太阳的光芒……如何选择语言材料最准确、最鲜明地表达出思想内容而非干巴巴贴标签，如何通过景、人、物悟出其蕴含的道理而非故弄玄虚牵强附会……

"读"于"写"的第四点，当是情感的交融。文章当有情，无论你是否抒了情，情就不自觉地流出了你的笔端。阅读中，我们除汲取作者的语言养料、技巧养料、思想养料外，还要品味、感受作者的"情"。与作者同悲，与作者人物同喜，置于作者笔下的优美环境而赏心悦目，等等。这就是受作者之"情"的"滋润"。文章是否感人，除了语言、思想外，有无"真情"很重要。朱自清的《背影》靠的是"情"的打动，鲁迅的《记念刘和珍君》这篇"血写的文章"其实靠的也是"情"的喷发。一篇只有华丽的语言而无思想的文章犹如没有灵魂的躯壳；一篇即使有非凡高度思想而无情感的文章也不过是一具可能具有文物考古价值的木乃伊。但"情"在文中的宣泄如何把握，这也是我们在阅读中要学习的。这也是我们常犯的错误。写作中我们或无病呻吟虚假瘆人，或情溢滥觞叫人发腻。让"情"如何恰到好处，非向好文章学习不可。这样，我们在"读"时，就要仔细琢磨别人是如何选择写作语言表达出作者的喜怒哀乐之情，如何传递作者人物的喜悦、哀思、忧怨、恋情，或深、或浅、或缠绵、或热烈，或似小溪的舒缓、或似大海的波涛、或似斗室之花的温柔、或似山野之花的奔放……看作者如何褒贬对象，看作者如何措辞达意致情，看作者如何巧借人、事、景、物以寄寓情感……

"读"于"写"的第五点，当是风格的鉴赏。所谓风格，它是一个作家成熟的标志，是作者在文章（文学作品）中表现出来的艺术特色和创作个性。我们鉴赏其风格，主要是学习他如何创造和完善文章（作品）的风格，也就是看作者在处理题材、驾驭体裁、描写形象、表现手法、运用语言等方面各有什么特色，最终形成了怎样的风格。这些风格，最后成了一个作家个性化的标志。当然，这是"读"的高要求了。琢磨多了，实践多了，很多写作者也形成了类似的风格，便也融入了原作者的风格之中，也就形成了"派"。比如"荷花淀派"、"山药蛋派"、"读者体"、"知音体"，等等。当然，也不能简单模仿，也要适时变化，否则当年散文必"杨朔式"、小说必"欧·亨利式"的文学闹剧就会重演。

习作者若能此，写出好文章就有可能了。

弄明白了这些，还有一个重要的问题是选择什么样的读物。读名著，当然好。但很多名著由于作者所生活的时代不同，社会环境不同，或阅读者的阅历不够，文化积累不够，不一定读得懂，更不用说借鉴于自己的写作了。

基于此，我们推出了这套《文学新观赏·青少年读写范典丛书》。这些作品，不是名著，但是属于好作品；没写重大题材，但大都真实反映了社会生活的变迁，人们精神面貌的焕然一新；没有高深莫测的技巧，但或平实、或奇巧、或清新可人、或浓郁奔放，更适合青少年读者学习、借鉴。

目录

第一辑 山羊阿姨的森林

大头狼的神奇药粉 /2
金毛与神奇药粉 /11
小蚂蚁爱柿子 /18
想说话的大头狼 /22
山羊进城 /24
山羊阿姨的春天 /30
小黑豆做英雄 /34

第二辑 豆豆羊救狼

山羊阿姨的魔术 /42
开心爷爷的奖励 /45
山羊爸爸的病危信 /50
山羊阿姨的菜园 /60
豆豆羊救狼 /64
豆豆羊挖了个人参王 /70
自卑的小蚂蚁 /75
秦爷的森林 /80

第三辑 女儿的心愿

玩笑 /92
中药 /95
庆幸 /98
最美的老婆 /102
女儿的心愿 /106
缘分 /109

第四辑 都是爱

都是爱 /114

菩萨 /116
刘锁要回家 /119
马小虎请客 /122
叶子要转学 /125
我把玫瑰献给你 /130

第五辑 我们的孩子

山羊阿姨审白菜 /134
被退学的小皮猴 /141
蜜蜜羊的伤心事 /147
乖乖兔玩迷藏 /152
抢救 /155
无人接的电话 /158
我们的孩子 /162
春天里 /164

第一辑

山羊阿姨的森林

大头狼的神奇药粉

豆豆羊、小皮猴、大皮猴,还有慢慢龟、笨笨熊、乖乖兔在草地上踢足球。踢得气喘吁吁,汗流浃背。豆豆羊抬头看了看太阳,一把抱住大皮猴踢来的足球,抹了一把头上的汗珠,大声说:不踢了,该回家吃午饭了。说着指了指头顶的太阳,然后对大伙说:吃完午饭再来踢!

豆豆羊的话得到伙伴们的一致赞同,都说:真饿了,那咱们就吃完午饭再接着踢。

足球是小皮猴的,豆豆羊把球还给小皮猴说:把球拿好,我们下午接着玩!

小皮猴接过球,看着不远处一棵大槐树对大皮猴说:别带回家了,免得麻烦。把球藏树下,好吗?

大皮猴想了想点点头:那就藏在树后吧,反正一会儿就回来,不会有谁偷的。

豆豆羊有些不放心,嘱咐小皮猴:你可要藏好啊!

小皮猴不在乎地说:没事,保证没人偷。说着小皮猴跑到树下,把球放在树跟处,随手薅了几把青草,盖在球上,看看盖严实了,才放心地和大家一起回家吃饭了。

可令大家意想不到的事发生了。吃过午饭,小皮猴、豆豆羊、大皮猴、慢慢龟、笨笨熊、乖乖兔再来到草地上的时候,球竟然不翼而飞了!只有盖在足球上的青草散落在地。他们找遍了树的周围,连个球毛

也没找到,好像球长翅膀,飞了。

看着地上散落的草,小皮猴灵机一动,说:我知道球在哪里。

大家的目光一齐投到小皮猴:在哪里?

小皮气愤地说:叫大头狼偷走了

啊?!你怎知道叫大头狼偷走了?豆豆羊问。

小皮猴说:因为大头狼经常偷人家的东西。比如偷养蜂人的蜜吃;偷狮子大哥晒的腊肉;偷摘山羊妈妈种的花。

大皮猴听了点了点头,说:分析得有道理!然后又肯定地说:一定是他偷的,只有大头狼才会做这样的坏事。

慢慢龟也跟着说:从咱们左邻右舍丢东西来看,球像是他偷的,没准足球现在就藏在他家里呢。

对,走,去他家要去!乖乖兔笨笨熊等跃跃欲试。

豆豆羊比较冷静,他伸开双臂,拦住乖乖兔和笨笨熊,说:大家不要急,我们没有亲眼看见大头狼偷,就不能贸然去要;即使是大头狼他偷的,也要有证据,没证据就没有理由指责他。无论大头狼平时做了多少不讨人喜欢的事,多么令人讨厌,在没找到证据前,我们都不能随意猜测。

小皮猴气得抓耳挠腮,瞪大眼对豆豆羊说:不是他偷的,球怎么会不见了?除了他,你说谁还能做这种事?

大皮猴、慢慢龟、乖乖兔、笨笨熊都对豆豆羊的话不满:是啊,准是大头狼偷的,小皮猴推测得没错!

这时,大头狼仿佛从天而降,突然出现在大家面前,小伙伴们个个目瞪口呆。

原来,大头狼看到豆豆羊他们在草地这边踢球。很想过来一起玩,可怕被拒绝。就悄悄藏在树后,鬼头鬼脑偷听豆豆羊他们在说些什么。

越听越生气,原来诬赖他偷走了足球。真是,是可忍孰不可忍!大头狼气得眼睛都变绿了,不顾一切地从树后蹿出来,吼道:你们血口喷人,我根本就没偷你们的球,你们诬陷我!

小皮猴说:就是你偷的!不是你偷的还能是谁?你快把球还给

我们!

大皮猴也帮腔：就是你偷的，快快还我们!

大头狼见小皮猴弟兄俩一起对付他，实在是太委屈啊，他干脆一屁股坐在地上，两脚搓着地，号啕大哭：凭什么赖我偷球？你们有证据吗？拿不证据就是诬赖好人，你们是恶魔！是天下最歹毒的恶魔！

呜……呜……呜……大头狼失去了往日的威风，泪雨纷飞，哭得像泪人。

豆豆羊被哭得心软了，走到大头狼跟前，蹲下身，给大头狼擦泪。大头狼一把把豆豆羊推开，说：假惺惺，我不需要！

豆豆羊没有生气，继续安慰大头狼：你说得对，没有证据就不能说球是你偷的。别哭了，你快站起来，和我们一起再到藏球的地方找找看。

小皮猴看到豆豆羊对大头狼好，肚皮都要气炸了：找什么，都找遍了，根本没有！

小皮猴狠狠瞪了大头狼一眼，哼了一声：装蒜！

慢慢龟看大头狼哭得满脸泪流，心生怜悯，也改变了态度，对大家说：豆豆羊说得有道理，没有证据，还不能认定就是大头狼偷的，或许真赖错他了。

大头狼忽然从地上爬起来，使劲抹了把脸上的泪，理直气壮地说：我才不哭呢，脚正不怕影子斜，足球又没长翅膀飞跑，到底是谁偷去了，总会水落石出的！一水落石出，不就证明我是清白的了！大头狼好像想起了什么，神秘地点了点头说：我知道球是谁偷的了！

什么？你知道是谁偷的？！小伙伴们的眼睛个个瞪得像乒乓球。

大头狼一字一句地说：是狐狸金毛偷的！

金毛？！大家同声问。

大头狼重重地点点头：对，是金毛。我刚才在树后藏着的时候，看到狐狸金毛闪了一下，就不见了，鬼鬼祟祟的，就像那个偷球的贼。

豆豆羊问：你看到他手里有足球吗？

大头狼想了想说：他跑得闪电一样快，没看清。

狐狸金毛长着一身亚金色的毛发，在阳光下或黑夜里，他的毛会发出闪闪的金光，所以大家都叫他金毛。

慢慢龟说：唉，没看清就是没证据。没证据怎么能证明是金毛偷的呢？

大头狼挺了挺胸脯，自信地说：你们放心，我能帮你们找到证据，保证叫金毛乖乖把球交出来！

小皮猴冷笑了两声：吹牛！你真会吹牛！难道你是火眼金睛？一眼就看清是金毛偷的？

大头狼没搭理小皮猴，故意昂着头，摆出一副胜券在握的得意样。

豆豆羊对大头狼说：别卖关子了，大头狼，说说你用什么办法找到证据。

大头狼看着豆豆羊问：我能先提一个要求吗？

豆豆羊点点头。

大头狼说：我帮你们找到球，你们一定要给我玩，并且永远给我玩，把我当你们的朋友，好吗？

小皮猴把嘴一撇：谁给你玩，你爱欺负人，还偷人家的东西！

一看小皮猴的火暴性子又来了，豆豆羊赶忙劝阻：小皮猴，别吵了，当务之急，是要大头狼帮我们找到球。

豆豆羊转过头来对大头狼说：我们从来都把你看作朋友，只要你别再干对不起大家的事，我们都会喜欢你的。

大头狼对豆豆羊说：就属你对我好，豆豆羊，我最喜欢你。我听你的，以后不做坏事了。现在我就告诉你找到球的办法。大头狼走到豆豆羊跟前，把嘴贴在豆豆羊的耳朵上，想要说什么，看了看周边的小伙伴，却又止住了，说：还是先不告诉你。豆豆羊，我先回家一趟，你们在这儿等一小会儿，我马上就回来！

小皮猴大声道：什么？你想逃跑？你肯定是心里有鬼，要逃跑！

大头狼用手指着小皮猴说：小皮猴，你不要得寸进尺，要不是看在豆豆羊慢慢龟的面子上，我准跟你没完！你记住，我大头狼可不是吃素

的！大头狼狠狠瞪了小皮猴一眼，转身就跑了。刚跑几步，没看清脚下一个石头，"扑腾"跌了个大跟头。他忙爬起来，又跑，惹得小皮猴大皮猴哈哈大笑……

没用多大会儿，大头狼匆匆跑回来了。他左手拿着一个白铁盆，右手拿着一个小小的玻璃瓶。大家都看傻眼了，不知大头狼要耍什么把戏。

大头狼把铁盆举在手上，擎在空中，当当当，当当当地敲起盆来。盆声震耳发聩，传遍整个森林，惊得小鸟飞出窝，蝴蝶展翅舞；当然，也惊动了山羊阿姨、龟爸爸、猴妈妈、狮子大哥、熊爸爸、还有大头狼的妈妈。最后狐狸金毛也来了，他两眼好奇地夹在人群里。大人们以为自己孩子出了什么事，惊恐慌张地跑来。当他们看到孩子们都安然无恙时，方才提在嗓子眼的心，才落回胸中。

狼妈妈怒气冲冲，指着大头狼的脑袋骂道：死孩子，你敲妈妈的洗衣盆，搞什么鬼名堂？！快把妈妈吓死了，你想要妈妈的命吗？

大头狼诡异地对狼妈妈一笑，接着大声说：我召集大家来，是对大家宣布一件咱们森林里的一件重大的事。

一听是重大的事，大伙就问：什么事啊？严重不严重？

大头狼说：非常重大，特别严重！

熊爸爸就问：大头狼啊，到底是什么事啊？

大头狼说：小皮猴的足球被人偷去了！

熊爸爸说：就是这个事啊？

大头狼说：这个事难道还小吗？这可是大事啊！

熊爸爸说：对对对，这是大事。

大头狼扫视了一下人群，说：偷球的那个人就在我们中间。现在我要采取我发明的"非常措施侦破法"，把那个偷球的家伙找出来！

啊？非常措施？什么非常措施？！大家纷纷议论。

大头狼从口袋里掏出一个小小的玻璃瓶，高高举在手上说：大家看到了吧，瓶里的药粉，不是普普通通的药粉，它是世界上最最最最神奇的药粉。只要用鼻子轻轻嗅一嗅，偷东西的那个人，立刻就变成红鼻子

绿眼睛的怪物,而且永远永远再也变不回原来的模样!

啊?世上真有这样的药粉?别是骗人吧?小皮猴大声说。

小皮猴的质疑,一下引起大家的响应,大家纷纷说:大头狼,别骗人了!

大头狼说:我骗人,我为什么要骗你们啊?我那不是没事找事吗?

大家想了想说:大头狼说的也是。他和我们无冤无仇的,干什么要骗我们啊?!

看大家还有点半信半疑,大头狼知道,作为小孩子,他说得再对,大伙也是有疑心的,为了彻底打消大家的不信任,大头狼知道,他得需要让妈妈给他当托了。

大头狼给妈妈使了一个眼色,然后神态坚定地说:要是你们不信,就问我妈妈!

狼妈妈看到儿子给他的眼色,心领神会,立刻说:我儿子说的都是真话,我儿子从来不说假话!

咳、咳,狼妈妈干咳了两声又说:即使你们不相信我儿子,也该相信我的弟弟,也就是大头狼的舅舅——闻名遐迩的大侦探狼有才吧。这药粉就是他舅舅狼有才亲自送给他的,并告诉他不到万不得已的时候不能使用。因为这药粉非常珍贵。我弟弟看我儿子大头狼聪明伶俐,有刑侦才能,才把这珍贵的药粉送他的,并发誓要亲自把大头狼培养成咱们森林里家喻户晓、举世闻名,像他一样的大侦探呢!

大家都知道大头狼的舅舅是森林里有名的侦探,多难的案子,只要到了他的手,狼有才都会搞得水落石出,令人叹服。狼妈妈的话虽然有对儿子的夸奖,可说的句句属实。确实起到了稳定人心的作用,大家都安静下来。只有狐狸金毛在人群里一言不发。他轻轻在大头狼身边连转了三圈,不时偷看大头狼手里的小药瓶,显得十分害怕。他想不通:这看着十分普通的药粉,真有那么神奇?那么大的威力?

金毛的一举一动,大头狼早就尽收眼底,他想:你金毛今天一定逃不出我的手心,我一定要你把球交出来,否则,我就不是大头狼!

大头狼得意扬扬地对大家说:如果谁对这药粉还有怀疑,我现在就找一个人来做实验，好吗！

大家一听要找人做实验，一下子沸腾起来。有的很兴奋，有得很害怕。兴奋的是有热闹看了；害怕是怕自己被大头狼当实验品，变成红眼睛绿鼻子的怪物。

狮子看大头狼走近了他，忙说：大头狼，你别找我做实验，我可没偷！

大头狼走向了熊爸爸。

熊爸爸忙摆手：大头狼，这可不是玩的，可不能随便找人做实验！如果真变成红鼻子绿眼睛怪物，冤枉了人家，那不一辈子就完了吗！

猴妈妈对往自己跟前来的大头狼说：是啊，大头狼，你可要谨慎啊，切切不可轻率啊！

大头狼心里暗喜，他笑着对大伙说：大家别害怕，这药粉只对小偷起作用。如果没偷东西，就是闻一百遍，也不会变成红鼻子绿眼睛的妖怪！

大头狼的这番话，让大家把提着的心放下了。大家都捂着胸口说：可把我吓坏了！

大头狼话头一转，又说：要是小偷闻了，那就惨了。只要闻一下，立刻就会成妖怪！

大家一片欷歔。

这时大头狼突然叫了一声：金毛，你来试验一下，好吗？

狐狸金毛没料到大头狼会找他，吓得浑身一哆嗦。

大头狼说着就朝金毛跟前走。

别别别。金毛连忙摆手，吓得连连倒退，一屁股蹲在地上，眼泪都快流出来了：求求你，大头狼，我不闻，我不闻，我害怕变成妖怪！

大头狼哈哈一笑：你没偷，怕什么，莫非球是你偷的，才这样怕？！

狼妈妈也跟着说：是啊，你没偷，害怕什么？莫非球是你偷的，才这样怕？

大头狼站在金毛面前，正要打开装着神奇药粉的瓶盖，金毛刺溜从

人缝里蹿出，，只一眨眼的工夫，就跑得无影无踪……

大头狼得意地对小皮猴说：小皮猴，你知道足球是谁偷的了吧。

小皮猴使劲点点头，对大头狼竖起大拇指，赞叹道：大头狼，你真行，你的判断真正确，不愧是你舅舅狼有才的外甥，这回我服你了！

慢慢龟对小皮猴、大皮猴说：你们还不快去追，快把球要回来。

小皮猴大皮猴猛然醒悟：对，快去追金毛！让他把球交出来！

乖乖兔听了撒腿要去追。

山羊阿姨却伸手拦住了：慢！孩子们，我敢保证，球不是狐狸金毛偷的，这事另有其人，与金毛无关。

什么？不是金毛偷的？在场的如丈二的和尚，都摸不着头脑。

大头狼是。大家都是。

豆豆羊瞪着大眼问：妈妈，这不明摆着是金毛偷的吗？不然，他怎么会抱头鼠窜呢？

山羊阿姨点了点头说：是啊，孩子，从表面现象看，确实像金毛偷的。不过那是你以为金毛害怕闻药粉，就判断是他偷的。其实不然，金毛害怕，是因为狐狸生性多疑，以我的判断，金毛是怕那神奇的药粉发生错误的判断，误把他变成红脸绿鼻子的妖怪。所以他才吓跑的。

大头狼对山羊阿姨的说法不以为然：在场的人那么多，别人不多疑，就他多疑，别人不害怕，就他害怕呢？还不是做贼心虚！

山羊阿姨温和地说：一会儿你就全明白了，我的孩子们，很快就会有人把球给你们送来！

山羊阿姨的话音还没落，就见小老鼠硕硕双手滚着足球过来了。球对硕硕来说实在太大了，抱也抱不动。只有滚着往前走。

硕硕把球停下，怯怯来到大头狼跟前，低着头说：大头狼，求求你，可别把我变成红脸绿鼻子的怪物！我不是小偷，我没想偷小皮猴的球，是……是………

小皮猴看小老鼠急得说不出话来，一步蹦到他跟前说：小老鼠，你慢慢说，到底是怎么回事？

对不起，小皮猴哥哥，事情是这样的：昨天下午我表哥小田鼠给送来了好多花生，又香又甜，味道好极了。不知不觉我吃了满满一肚子，撑得路都走不动了。你知道，一吃多，我就爱困，就趴在洞里睡着了，一睡就睡到今天中午。我爬出洞口，想出来晒晒太阳，咦，就在洞口的大槐树旁，发现青草下有个圆圆的东西。我把草扒开，一看是大球，高兴死我了。心想：真好，等我表哥再来我家时，我们俩一起踢球玩。我也没多想，就把球滚到洞里去了。

大头狼不相信：你家洞口那么小，球能进去？是不是狐狸金毛指使你来替他顶罪的！

小老鼠忙解释：相信我大头狼，这事绝对跟金毛无关。我的话千真万确。我家的洞口是我爷爷的爷爷打的，非常大，已经住了十几代了，相当有规模。

龟爸爸说：是的，我知道小老鼠家的洞口很大，而且里面一间连着一间，像个地下宫殿。去年冬天，我也想照小老鼠家的样子造一座房。可是慢慢龟的妈妈不同意，说我们住那种样式不习惯，出来进去不方便，所以就没造。

熊爸爸对大家说：既然球已经找到了，小老鼠也把事情说清楚了，现在真相大白了，这事就到此为止，咱们都回家吧！

是啊，既然球找到了，都回吧！大头狼，你要把药粉保管好，这么珍贵的东西，千万不能弄丢了！狼妈妈交代大头狼。

大头狼如坠云雾，满肚子纳闷：山羊阿姨怎么知道是老鼠硕硕把球拿走了呢？大头狼问：山羊阿姨，你难道是神仙啊！？不然，你怎么知道是小老鼠把球拿走的呢？

山羊阿姨笑了，用手抚摸着大头狼的头说：我哪是什么神仙啊。当时小老鼠刚才站在我脚下，当大头狼你炫耀神奇药粉时，小老鼠吓得浑身哆嗦，自言自语地说：我闯大祸了，我闯大祸了，千万不要叫我闻，太可怕了，我得赶快把球还给他们。说完就悄悄跑走了。

大头狼和大家本来以为山羊阿姨有多大的神通呢！原来是这么回事啊。就这么简单啊！

哈哈哈，哈哈哈，大家听了都笑了。老鼠硕硕也跟着笑了。

狮子大哥对小老鼠调侃道：怪不得人家说你胆小如鼠，原来是说得一点不差啊！你还真是胆小啊！

在一片笑声中，小老鼠羞红了脸……

金毛与神奇药粉

狐狸金毛这两天心乱如麻，满脑子装的都是大头狼的"神奇药粉"。

他从来没听说过世上竟有这么神奇的东西：闻一下，就能找出谁是小偷，就能把小偷的眼睛变红、把鼻子变绿。嘿嘿，要能把那神奇的魔粉搞到手，自己不就和狼有才一样，成为森林王国里被人羡慕的"神探"了吗？到那时，大头狼还敢在自己面前耍威风吗？

成为一名神探，那是自己最大的梦想。金毛常说：没有梦想的人，是最没出息的人！金毛可不想做那样的人。

金毛心里藏着一个秘密，那就是：一定要把大头狼的"神奇药粉"搞到手！

为此，金毛费尽心机。金毛想：要得到药粉，必须先靠近大头狼，成为大头狼的好朋友，然后趁大头狼不设防备的时候，偷偷获取。

可他和大头狼偏偏又是一对仇家，一见面就横鼻子竖眼，谁都不服气谁。

为了神奇的药粉，忍忍吧。金毛想：咱现在一切要为药粉让路。拥有神奇药粉是当前他的最大任务！

金毛就想大头狼的爱好。只要你有爱好，我就能攻克你。大头狼有什么爱好呢？噢，对了，大头狼最贪吃了。只要有好吃好喝的给他送上门,他一定不会拒之门外。想到这,金毛不由点了点头。心说:舍不了孩子打不了狼,对付这个大头狼,就这么办!

金毛就抬头看看房梁上的竹篮子,里面放着一只肥肥的烧鸡。那是妈妈刚从烧鸡店买来的,怕金毛偷吃,才放那么高的。因为妈妈明天一早要去桃花坡的外婆家,外婆最爱吃烧鸡。

烧鸡的香味一波一波地从篮子缝里荡出来,直往金毛鼻子里钻,把金毛馋得口水像决堤的洪水。再流口水,金毛也不会吃的,为了神奇药粉,他决定把烧鸡偷走,送给大头狼!

他抬头看着篮子,在心里默默说:妈妈,对不起呀,这只烧鸡明天不能孝敬姥姥了,我要先给大头狼,我要用这只烧鸡做诱饵,把大头狼的"神奇药粉"钓到手。妈妈,等我成功搞到了"神奇药粉",我一定会给外婆送一只最大最香的烧鸡孝敬她!想着想着,金毛觉得对不起妈妈和姥姥,竟不知不觉流泪了。顺着眼角流下来,流到嘴里,咸咸的味道好难受啊!

金毛把吃饭的大桌子拉到盛烧鸡的篮子下面,又把板凳摞在大桌子上,他用手晃晃板凳是否牢固,确定结实了,就爬上桌子,站在板凳上,伸直胳膊,极尽全身的力气,把篮子从铁钩子上拿下来。金毛长长地舒了一口气,那是金灿灿的太阳正从窗口照射进来,把屋子照得很亮。

金毛笑了,笑得挺诡异。

金毛拎着烧鸡篮子,当当敲响了大头狼家的门。来开门的是大头狼的妈妈,一看是金毛,狼妈妈一脸不高兴。狼妈妈是护犊子,知道儿子大头狼讨厌金毛,自然也不愿理睬他,哼了一声,就要关门。忽闻一股香气扑鼻,一低头,看见金毛拎的篮子里有一只肥得流油的大烧鸡,立刻变成了笑脸,热情地说:金毛啊,我的宝贝,快进来,快进来,是来找大头狼玩吗?你们可是最最要好的朋友啊!接着转过脸对屋里大声喊道:大头狼,你的好朋友金毛来了。快出来迎接啊!

大头狼一听金毛,气愤地说:叫他滚蛋,快滚蛋,我不想见他!

狼妈妈害怕金毛听见了生气走掉,赶忙拉住金毛的篮子,对大头狼

大声说：金毛给你送烧鸡来了我的宝贝，好香啊，这可是你最最爱吃的烧鸡啊！

烧鸡？金毛送烧鸡来了！大头狼没多想，忙从里屋跑出来，快乐地笑着，真好啊，又有美味吃了。大头狼看着篮子里的烧鸡，恨不得赶快撕下个鸡腿吃，殷勤地对金毛说：快进来我的好朋友金毛，见到你我真开心。

金毛被大头狼和狼妈妈领进屋。金毛站在屋中央，心神不定。他东看看，西瞅瞅，伺机寻找神奇药粉的踪迹。大头狼的眼睛骨碌一转，立刻猜出金毛的心思，不由得一阵暗笑，心想：臭狐狸，想赚我大头狼的便宜，没门！我叫你白送这只烧鸡，看我怎样要你玩！大头狼还是故作热情，给金毛搬来板凳叫他坐下。金毛不停地点头哈腰，也装出卑微样，叫大头狼放松对他的警戒。

金毛偶然一转头，心猛地怦怦乱跳起来，他看到窗台上放着一个小玻璃瓶，啊？那不就是神奇药粉吗？他激动万分，差一点从椅子跳起来。他立刻稳住情绪，冷静下来，装模作样地指着窗台对大头狼说：我的好朋友，那就是你的"神奇药粉"吗？你怎么能把那么重要的东西轻易放在那里？多么不安全啊，万一有人从窗外偷走了怎么办？我劝你还是赶快藏起来，藏在一个除你之外，任何人都找不到的地方！

大头狼呵呵一笑，不以为然地说：没那必要，何必那么费心，在这个森林里，谁敢偷我大头狼的东西？那可是太岁头上动土，自作自受！

金毛忙说：对对对，你说得对，在这个森林里谁不知道你厉害，特别是你舅舅狼有才，惹了你，就是太岁头上动土，自作自受！

这时狼妈妈走过来说：金毛说得对，谁敢欺负我家大头狼？谅他们也没那胆量！又问，金毛，你吃晚饭了吗，我们可要吃晚饭了，你要是不介意我们家的饭不好吃，就和我们一块吃？

金毛听出狼妈妈下逐客令了，倒也知趣，把烧鸡放下，就告辞了。

其实，金毛并没走远，他悄悄地躲在窗户后面的一棵大树后。等到夜幕笼罩大地之后，就蹑手蹑脚地摸到了大头狼的窗户底下。他把窗户轻轻推开一个小缝，听到大头狼和狼妈妈到另一间屋去了，就把手伸进

窗去，悄悄把神奇药粉偷走了。

金毛把"神奇药粉"紧紧捧着手里，兴奋得一路跑起来。啊，他梦寐以求的魔粉终于得到了，他当大侦探的愿望马上就要实现了。他眺望星空，星星在跟他俏皮地眨眼睛。

金毛回到家门口，却不敢进家。烧鸡被他偷送给大头狼了，他害怕妈妈知道了打骂他一顿。他发现家里的灯是黑着的，便稍稍松了口气。妈妈不在家，不知妈妈去哪儿了，还没有回来。

等金毛喜悦的心情冷静下来后，他反倒忧心忡忡了。金毛根本不敢打开瓶盖，唯恐"神奇药粉"的气味跑出一点点，把他变成绿鼻子红眼睛的妖怪。他把药粉的瓶子用报纸包了一层又一层，最后藏到了床底下。更令他不安的是，他害怕大头狼找上门来，叫他交出药粉；或者他的神探舅舅狼有才来抓他，打他个半死不活。太可怕了，太可怕了。金毛想着想着，不由得吓出了冷汗，并为自己的"壮举"后悔莫及。为了摸清大头狼被盗后的底细，以备应对措施，金毛决定明早一起床，就去大头狼家探明情况。

金毛正在想心事，忽听门响，妈妈回来了。金毛提着心，先看妈妈脸色。好像妈妈并没生气。金毛问：妈妈，这么晚你去哪里了？怎么才回来？狐狸妈妈说：去烧鸡店了，又给你外婆买了一只烧鸡。那个篮子里的烧鸡是不是你偷吃了？金毛低着头说：是的，那个烧鸡好香啊，我实在忍不住，就吃了。妈妈对不起啊，你别生气好吗？我以后再也不偷吃了，我一定改！狐狸妈妈问：那么一只大肥鸡你全吃光了？金毛"嗯"了一声，翻翻眼皮，又赶紧低下头，他怕妈妈看出他撒谎。妈妈不忍心看金毛委屈的样子，心疼起来，宠爱地说：我的孩子，你太可怜了，那么一只大肥鸡竟然全吃光了，看来妈妈亏你的嘴了。唉，妈妈为了省钱，只给你外婆买了一只烧鸡，没舍得给你吃，幸亏你偷吃了，不然妈妈的心会碎的。狐狸妈妈说着，把金毛搂在了怀里，在金毛额头上狠狠地亲了几下。金毛的担忧，随着妈妈的爱抚，散去了。

第二天早上，起床后不久，金毛迫不及待地就来到了大头狼的家。因为昨天大头狼对金毛比较热情，所以金毛今天进门时比较放心。大头

狼正高高兴兴地吃昨天没吃完的半只烧鸡,吃得满嘴满手都是油。大头狼对金毛的到来,依然表示欢迎,一个劲地夸奖烧鸡好吃。说:我好久没吃这么香的烧鸡了,真是太美味了,以后还希望金毛你能再给我送这样好吃的烧鸡。金毛说:那当然,以后咱俩是好朋友了,一只两只烧鸡算不了什么。只要你喜欢吃,一定管你吃个够。大头狼高兴得手舞足蹈,发誓以后再也不欺负金毛,永远和金毛做最好的朋友。两人正说得高兴,忽然从门外进来一个高高胖胖的身影,叫金毛不寒而栗,来人正是大头狼的舅舅狼有才。狼妈妈看到自己的弟弟来了,忙从外面走进来,热情万分给狼有才端茶倒水让座。大头狼更是对舅舅殷勤加倍,在舅舅身上爬来爬去,又是抱又是亲。狼有才对大头狼也疼爱有加,任他怎么做都不烦。这时狼有才看到金毛站在一旁,问大头狼这是谁?大头狼忙给舅舅介绍说:他是狐狸金毛,昨天给我送来一只烧鸡,现在我们是朋友。

狼有才轻轻瞥了一眼金毛,嘿嘿一笑,没说话。

狼有才这么一笑,金毛脸上就冒汗了。他觉得狼有才看到了他心底的秘密。金毛想逃,想尽快离开大头狼的家,离开狼有才那钉子一样厉害的眼睛。

狼有才对大头狼妈妈说:我刚刚破了一个案子,正好从你们家门口路过,顺便来看看你和大头狼。

大头狼一听舅舅刚破了一个案,立刻兴奋起来。抱着狼有才的胳膊说:什么案子?什么案子?快说给我听听。

狼有才看大头狼那么感兴趣,很高兴,心想,自己后继有人了。

他说:住在前村里的孔雀女士,下了八个孔雀蛋,每一个孔雀蛋都是孔雀女士的心头肉,过不多久,他们就会变成孔雀女士活蹦乱跳的孩子啊!可是,自从几天前,孔雀女士的孩子,每天夜里少一个,而且无声无息、无影无踪。孔雀女士仔细查找,找遍了整个院子,包括厨房、储藏室,所有的角落全都找遍了,却找不到任何丢失孔雀蛋的蛛丝马迹。连一片蛋壳,一滴血,都找不到。好像蒸发了一样。孔雀女士便找到我,请我来破这个案。我到现场一看,立刻就看出了破绽。

大头狼听得两眼放光,急切问:你是怎么看出来的?

金毛听得十分入神,又心惊胆战,好像狼有才说的这个案子和自己有关,自己就是那个偷孔雀蛋的贼。

狼有才说:孔雀女士把孔雀蛋放在院子的草地上,她认为院子的围墙很高,还有天网罩着,大门也锁得极其结实,即使苍蝇也难飞进去,就高枕无忧了。我站在院子中间一看,叫孔雀女士端来一盆水,泼在我指定的草地上,立刻对孔雀女士说:把这块草皮掀开。孔雀女士傻傻地看着我,说掀不开啊是地上长的草。我走过去,一把把那块草皮揭开了。一张完整的四四方方的草皮。

接着草皮下一个碗口大的洞出现在眼前:正是黄鼠狼的窝。孔雀女士顿时不寒而栗。

狼有才说:每当夜深人静,孔雀女士睡熟的时候,黄鼠狼就神不知鬼不觉把孔雀蛋推进洞里。这就是罪恶的秘密!

大头狼问:你怎么知道草下面有洞?为什么还要往地上泼水?

狼有才笑笑说:要想做侦探就要注意细节,通过细节找到案子的破绽。当我把水泼到地上的时候,草地上的水是往地下渗透,可那块草皮不同,泼下的水顺着草皮的边缘往下流。我立刻断定,草皮下有秘密。

噢,原来是这样啊?大头狼对舅舅佩服得五体投地。

金毛也暗暗惊叹狼有才的足智多谋。

狼有才忽然想起问:大头狼,听说你最近做了件很了不起的事,用你"神奇药粉",侦破了一个谜案。

大头狼不好意思地对舅舅点点头。

狼有才说:叫我看看你"神奇药粉"在哪里,究竟有多神奇。

大头狼往窗台上放眼一看,不觉大惊失色:神奇药粉不见了。

金毛吓得心快要跳出嗓子眼了,但他强装镇静,帮助狼妈妈围着窗台上下找。还一边对大头狼说:看看,看看,我早就告诉你,那么重要的东西一定要放安全的地方,你要是早听我的,就不会发生这样的事了。这下好了,出了这么大的事,哭也来不及啊!

狼有才安慰大头狼说:别着急大头狼,遇到突如其来的事一定要有

定力，处变不惊，这是一个刑侦人员的基本素质。在舅舅看来，破这个案子，不费吹灰之力。这不过是小毛贼的雕虫小技罢了。舅舅利用这次事件教你破案，这就是一个很好的教案。

狼妈妈忽然哈哈大笑起来，说：我的大侦探弟弟，破什么案啊，哪是什么神奇的药粉，那是你外甥大头狼用的计谋。偷就偷去吧，不用查不用找了，就算是一场游戏罢了。

狼有才被他姐姐的话弄得丈二和尚摸不着头脑，迷惑地看着大头狼。

大头狼说：舅舅，其实那根本不是什么"神奇药粉"，是我妈妈给我抹痱子的粉，我是用的计谋，欺骗小偷不打自招。

狼有才如醍醐灌顶，哈哈大笑起来。他抚摸着大头狼的头说：好，好，看来你很有侦察天赋，你的这个方法叫兵不厌诈，兵不厌诈是我们侦探工作常用的技法啊！

狐狸金毛在一旁听得浑身哆嗦。他刚才的害怕忽然变成了无比气愤。但是再气愤，他也不能表现出来。他最心疼的是他的烧鸡。一想到香喷喷的烧鸡，金毛眼泪在眼眶打转，他怕眼泪掉出来，赶忙离开了大头狼的家。

大头狼看着金毛匆匆离去的背影，像是打了胜仗的勇士，对狼有才说：舅舅，你知道金毛为什么跑得那么快？舅舅说：因为那"神奇药粉"是他偷的对吗？

大头狼说：他还送我一只烧鸡呢！哈哈，哈哈，大头狼捂着肚子笑翻了天。

小蚂蚁爱柿子

秋日的一天，那是个宁静温馨的午后。

小蚂蚁点点在沙堆堆上钻洞洞玩。玩累了，就趴在沙堆堆上睡了。忽然，一滴雨珠砸在他身上，他激灵一下，醒了。

下雨了，不玩了，赶快回家，别让妈妈担心。小蚂蚁心想着，就要往家走。嗯，怎么就下一滴雨呢？小蚂蚁纳闷，抬头看看天，太阳金灿灿地照耀着。咋回事？抬头看了看上面，明白了：原来是山羊妈妈在给窗台上的花浇水，滴下来的。他玩的沙堆堆，就在山羊妈妈的窗户下，是山羊妈妈用铁盆从小河边端来，放在窗户下留着和土掺和一起，种花用的。沙堆堆只有两盆沙，可小蚂蚁觉得像山那么大。小蚂蚁就站在沙堆堆上，昂起头，往窗户看。

下午的阳光正照着窗户。小蚂蚁看到窗户敞开着，敞开的窗户像花瓣绽放。窗户台上摆着一只白色陶质花盆，小蚂蚁个头太矮了，看不清花盆里种的是什么花儿。山羊妈妈用长嘴小喷壶一边浇，一边用一把小铲子松土。山羊妈妈没抬头，也没往别处看，只顾松土，她没发现小蚂蚁。

小蚂蚁熟悉山羊妈妈浇花的样子，因为小蚂蚁常常看到山羊妈妈站在窗前浇花，有时是一盆，有时是两盆或三盆。小蚂蚁非常喜欢善良的山羊妈妈，他觉得山羊妈妈的笑容特温暖，像自己的妈妈。

小蚂蚁看山羊妈妈那么专注照顾她的花儿，猜想着花儿长得一定非常旺盛，花开得非常鲜艳。

山羊阿姨的窗上挂着薄薄的窗帘，微风拂过，窗帘偶尔摆动几下。

小蚂蚁对着山羊妈妈喊：山羊妈妈好……

可山羊妈妈没搭理小蚂蚁。山羊妈妈只顾侍弄花儿，根本没听见小蚂蚁的叫声。小蚂蚁不高兴，甚至有点难过。他在心里埋怨山羊妈妈，

真是的，光顾花儿了，连你最喜爱的小蚂蚁叫您都听不见。小蚂蚁嘴一噘，生山羊妈妈的气！虽然生气，但小蚂蚁仍觉得山羊妈妈是他真正爱戴和信任的人。

此时，小蚂蚁看着墙壁上晃动的树影，心里竟生出淡淡的伤感。他想到自己还没恋人，公开的，秘密的都没有。昨天他把心事告诉了妈妈，妈妈说他还小，还要再长大些，可是都快一岁了，还不算长大啊？

那天他的好朋友小蜜蜂扬扬告诉他，说自己恋爱了，爱上了路边的一朵野花。小蚂蚁一听就吓了一跳，立刻警告扬扬：千万不能跟花儿恋爱，地球人都知道，花儿感情是最靠不住，太轻浮。更何况还是野花。野花就更靠不住！

小蚂蚁对扬扬说：就是一辈子不找女人，也不能爱上野花。那简直是把自己往火坑里推。

蜜蜂扬扬对小蚂蚁的这种恋爱观，很不以为然，轻蔑地对小蚂蚁笑笑，笑他没见过世面，论调太老旧，就飞走了。

小蚂蚁，我的孩子，你怎么在这儿？你怎么不到家里来？山羊妈妈这时发现了小蚂蚁，在阳台上叫他。

小蚂蚁从山羊妈妈的召唤声转过神来，说：山羊阿姨，我喊您了，问你好，您没听见。

山羊妈妈十分抱歉：对不起，我的孩子，我真的没听见，请你谅解啊！

山羊妈妈的歉意反倒叫小蚂蚁不好意思，腮帮腾地就红了。

小蚂蚁顺着窗台下面的墙壁，爬到山羊妈妈的窗台上。啊，窗台上仔仔细细整整齐齐摆着一排柿子，在阳光下闪着金子般的光辉。小蚂蚁迷惑地问山羊阿姨：柿子不是长在秋天吗，现在是春天，怎么会有柿子呢？

山羊阿姨哈哈笑了：小傻瓜，现在是深秋，就是秋季的尾巴。怎么会是春天呢？

小蚂蚁说：山羊阿姨，看看你的花园，小蚂蚁转身指着门外的花园里盛开的花儿说：不是有句话说，春天里花儿争奇斗艳吗？

山羊妈妈开心地笑了：我的孩子，那盛开的花儿是菊花，那争奇斗艳的花儿也是菊花，秋天是菊花盛开的最佳时节。

小蚂蚁还有一些不明白：那为什么花儿都是在春天开，比如牡丹、樱花、海棠花，而菊花却在秋天才开呢？

山羊阿姨用手抚摸着小蚂蚁的头说：因为春天是白天长，黑夜短，而牡丹、樱花、海棠花正好喜欢这样的时节，所以才在春天开放；而菊花喜欢白天短一点，黑夜长一点，而秋天正好适合菊花的习性，所以才在秋天开放。山羊妈妈指着正要落山的太阳说：小蚂蚁，你没感觉到太阳在一天一天变短，而黑夜在一天一天变长吗？

小蚂蚁转动脑筋想了想，点点头说：是的，山羊阿姨，白天真的变短了。原来我妈妈去山上采山果，一天去两次，回到家里天还大亮；可现在我妈妈只去山上采一次了。怪不得我妈妈那天给我念叨说，天短了天短了，得抓紧时间多干点活啊。啊，我明白了，原来妈妈说的就是这个意思啊！

山羊妈妈透过窗子，指着屋后的一片小山坡对小蚂蚁说：看看那边，那是什么？

小蚂蚁仔细看了看，说：那是一片柿子林。

是的，孩子，那的确是一片柿子林。你看它像什么？

像火焰！像晚霞！小蚂蚁脱口而出。

山羊妈妈笑了：你说得真好，多么神奇的树啊！金黄色的果实高挂枝头，无论大地怎样苍茫，就这样像小火苗一样燃烧着，它从不失光彩。每当我看到它们，我的心就会颤动。山羊阿姨说着脸上露出幸福的颜色。

小蚂蚁看到窗台上的柿子在太阳的照耀下，熟得透明，口水不由流出嘴角：山羊阿姨，这个柿子一定很好吃的，是吗？

山羊阿姨说：对不起，光顾说话了，竟然忘记请你吃柿子了。山羊阿姨拿了一个最大最圆透明发亮柿子送给小蚂蚁。可柿子太大了，小蚂蚁拿不动。山羊阿姨说：小蚂蚁，那就等豆豆羊回来了给你送到家里去吧。

小蚂蚁说：好，山羊阿姨，这个柿子很珍贵，我不能白要，我要叫我妈妈给你钱！

山羊阿姨笑了说：傻孩子，说什么话，山羊阿姨家的东西就是你的东西，你可以随便吃！敞开肚皮吃！

小蚂蚁站在窗台上，往屋里看看，他想起怎么一直没见到豆豆羊、甜甜羊、蜜蜜羊呢？问：山羊阿姨，您的孩子们都去哪儿了，为什么没在家？

山羊阿姨告诉小蚂蚁：他们三个去宝葫芦村了，去给山羊姥姥送柿子去了。

山羊阿姨一边说一边轻轻念叨：三个孩子该回来了呀！都去一天了，太阳就要落山了呀！

正说着呢，豆豆羊甜甜羊蜜蜜羊回来了！

三个孩子一进家门，就热闹开了，他们簇拥在妈妈身边，争先恐后地汇报姥姥的情况。

山羊妈妈把他们一个一个揽在怀里，然后指着让口齿伶俐的甜甜羊汇报去姥姥家的事。

甜甜羊汇报说：姥姥身体好！姥姥见到我们开心极了！姥姥还说柿子是她最爱吃的鲜果！

这次没让豆豆羊汇报，豆豆羊有些不高兴。山羊阿姨看到了，她安排豆豆羊：妈妈还有一个任务交给你去做！

什么任务？豆豆羊问。

你看这是谁？山羊妈妈把小蚂蚁从窗台上抱下来。

这不是小蚂蚁吗？豆豆羊、甜甜羊、蜜蜜羊齐声说。

小蚂蚁站在山羊阿姨妈妈的手心里，不好意思地说：我也喜欢吃柿子。

山羊妈妈对豆豆羊说：好孩子，再累你们一下，你再去给蚂蚁妈妈家送一篮子柿子去，叫蚂蚁妈妈蚂蚁弟弟都尝尝。

豆豆羊一听，啪地给妈妈敬了一个礼说：保证完成任务！

我也去。我也去！甜甜和蜜蜜也争着去。

山羊阿姨说：好，孩子们，你们都去送，和小蚂蚁一块去。快去快回，妈妈给你们做好吃的等着你们！

好好好！

豆豆羊姐弟们拎着一篮子柿子，领着小蚂蚁，去小蚂蚁家了……

想说话的大头狼

妈妈……

吃饭的时候大头狼有话要对妈妈说。可是大头狼一张嘴，狼妈妈就给挡回去。狼妈妈说：孩子，不要说话。快吃饭，吃饭的时候不要讲话，不然一会儿饭就凉了。

妈妈……大头狼还是想说。

孩子，赶快吃吧。看妈妈给你做的饭多好吃。这些菜都是你最爱吃的。这是野猪肉，这是野鸡肉，哦，对了，还要吃一点点青菜。来，妈妈给你加在碗里。一定要营养齐全。不然就长不强壮。

妈妈……狼妈妈硬是不让大头狼张嘴，狼妈妈太心疼大头狼了，她最害怕自己的心肝宝贝生病，有一次，大头狼吃了刚从冰箱里拿出来的冻得冰冰硬的野猪肉，立刻就肚子痛，疼得在地上乱打滚，把狼妈妈吓得大哭小叫，连忙把山羊妈妈叫来，看山羊妈妈有什么办法。山羊妈妈用葱头、大姜还有一些草药配好，给大头狼煮水喝。山羊妈妈的方子真灵，大头狼一边疼得头上哗啦哗啦冒汗，一边咕咚咕咚大口喝药，过了一会儿，果真好了。

大头狼有些急了：妈妈……大头狼不耐烦了，提高了嗓子。可妈妈狼的声音比大头狼更高：孩子，不着急，一定要先吃饭，等吃完饭再给

妈妈说你有趣的事，好吗？你忘了，妈妈常告诫你说，不要吃凉的东西。吃凉了容易生胃病。对，孩子，就这样大口吃，多吃。等你吃完饭，你想给妈妈说什么，妈妈都爱听，我的宝贝，你是妈妈的心头肉。是这个世界上妈妈最疼最爱的人。

妈妈……大头狼指着妈妈的脸。

狼妈妈狼开心地笑着说：别开玩笑，我的宝贝，指妈妈的脸干吗？妈妈尖脸猴腮的，一点女人味也没有。

妈妈……大头狼满嘴嚼着肉，野猪肉的香味从大头狼嘴里散发出来，引来几只苍蝇在头顶嗡嗡飞

不不不，我的宝贝。妈妈什么都会答应你，就是你冲妈妈扔东西，冲妈妈脸上吐唾液，在地上打滚……干什么都行，唯独吃饭拒绝你说话。你知道饭对你多重要吗，我的小霸王？你现在还是太瘦了，跟豆豆羊、笨笨熊、慢慢龟他们比，你的确太瘦了。你要听妈妈的话，多吃肉，好好吃，争取比他们任何一个都长得胖长得壮，这样你才能不光什么时候什么情况下都能战胜他们打败他们，不会被他们欺负。才能在他们攻击你的时候勇敢自卫。不，不应该自卫，强者是不需要自卫的，强者是等他们还来不及动手的时候，就把他们扔出去，然后把他们打得落花流水，叫他们不敢碰你！叫他们对你毕恭毕敬！你是我的儿子，我的儿子，记住了？你是狼，你是我的后代，你要做强者。叫他们谁见了你都躲着走，不敢抬头看你，都低着头走！

妈妈……哈哈，哈哈，哈哈哈！大头狼再也憋不住了，哈哈大笑起来，把米饭喷得花儿一样开放。

孩子，不要说话，好好吃饭。哎？你这孩子，你笑什么？

妈妈，刚才往你碗里落进了一点东西。

什么东西？妈妈什么也没吃出来呀。笑什么？到底什么东西，我的宝贝？

一个小动物。

小动物？

啊！在哪？什么小动物？

是只苍蝇。

苍蝇？我怎么没看见？在哪？

你已吃下去了。妈妈……哈哈，哈哈，哈哈哈……大头狼再也控制不住，放声大笑。

狼妈妈狼坐不住了，立刻跑去院子里，呕吐起来……

山羊进城

一

山羊阿姨的两个女儿甜甜羊和蜜蜜羊，越长越漂亮，也越来越爱打扮了。两个小姑娘突然对羊妈妈提出：要去城里买花头巾和花裙子。

山羊阿姨听了，开心地笑了。山羊阿姨也喜欢女儿打扮得漂漂亮亮的，在人前一走，就像一朵花一样的美丽。再说了，两个女儿美丽，也是她羊妈妈的脸面啊！

山羊阿姨知道两个孩子从没进过城，她们自己去她不放心，就说：我陪你们去，我的孩子，趁天还没黑，咱们马上行动，这就进城。

甜甜羊和蜜蜜羊一听妈妈这么支持她们，兴奋得又蹦又跳，两个人把妈妈紧紧抱住，憋得妈妈差点喘不过气来。

甜甜羊蜜蜜羊跟着妈妈出了家门，顺着一条小路往前走。走过一条山路，又蹚过一条小河。走过一片大树林，前面出现了一座大山坡。山坡好大啊，山坡上开满了金黄的野菊花，花随微风婆娑摇摆，为这寂静的山岭，缀满诗情画意。

等到山羊妈妈和她的女儿爬到小山坡顶上时，夜幕降下来了，天空已经黑了。

站在坡顶上，甜甜和蜜蜜放眼一看，山坡下一片星光闪烁，仿佛天空的小星星都落到湖里了，泛动着璀璨耀眼的光芒。甜甜和蜜蜜从没见过这么好看的景色，她们忘记了疲劳，惊喜地指着山下对妈妈说：妈妈，妈妈，快看，快看，星星怎么都落到湖里了？

山羊阿姨看到两个女儿那么高兴，解释说：我的乖女儿，那不是星星。

两人就问：不是星星是什么啊？

山羊阿姨说：那是灯光，那也不是湖，那里就是我们要去的城市。那里就是我们买东西的地方。

那里就是城里啊。那么大啊，是不是有好多好多人？

是，孩子，那里住着好多好多人。

甜甜和蜜蜜一听有好多好多人，吓得不敢进城了。

甜甜羊说：妈妈，我们还是别去了。

山羊阿姨皱起眉头问：怎么了，孩子？

甜甜羊说：人见了我们会不会打我们，或者用绳子把我们捆住关起来？

山羊阿姨笑了，说：不会的，我的孩子，你说的这些事都不会发生，因为人是善良的，他们把我们动物当作朋友，不会伤害我们，他们是心像花一样美好。

甜甜羊说：妈妈，你怎么那么肯定，他们不会伤害我们呢？

山羊阿姨看两个孩子还是顾虑重重，就给她们讲了从前发生的一件事。

山羊阿姨说：这是我亲眼见到过的，这事令我非常震动和钦佩，从那以后，我就相信，这个世界是美好的，人是最美好的。

是吗，什么事啊？蜜蜜羊问。

山羊阿姨说：有一户人家，养了十个小宝宝。

什么？十个小宝宝？甜甜惊异地瞪着眼睛叫起来：这么多孩子啊！

山羊阿姨说：是啊是很多，不过这十个小宝宝都不是他们的骨肉，全是从路上捡来的，身体有残疾的小猫小狗。

啊？这么可怜啊。蜜蜜羊轻轻欷歔道。

是啊，非常可怜。他们忍饥挨饿，露宿街头，但是自从被好心人收留，他们的命运就有了翻天覆地的改变。这家女主人，每天早上起床，先为这十个小宝宝做吃的，因为他们个个身体有残疾，不是少胳膊就是少腿，要么就是身上有皮肤病，长满了疮。女主人总是更加倍地心疼他们，给他们做最可口最好吃的早餐。之后，就开车拉着这些小宝宝们到他们到附近的一家医院治病，打针、吃药，帮他们穿衣，盖被子，精心照料他们。女主人非常有耐心，从不责骂他们，而且还亲切地吻他们，就连那个最丑陋最瘦小的猫也从未忽视。我被她的真情和爱心深深地感动，从那后我就相信，人是这个世界上最善良最乐意为他人付出奉献的菩萨。我们应该把人当作我们最要好、最知心的朋友。

甜甜蜜蜜被妈妈的故事感动了，噙着泪花说：妈妈，真是对不起，我们不该那样怀疑人的善良。

山羊阿姨说用手抚摸一下两个女儿的头说：人类是善良的，我们要尊重他们。甜甜和蜜蜜听了使劲地点头。

山羊阿姨领着两个女儿向那片灯海走去。

二

终于来到了城市的大街上。大街上冷冷清清看不到一个人影，只有街道两旁的灯光把道路照得很亮。

怎么看不见人啊，城里不是住着好多人吗？蜜蜜问山羊阿姨。

山羊阿姨说：现在是夜晚，所以看不到人。

所有店铺都打烊了，根本就买不到任何东西。甜甜扫兴地说：妈妈怎么办啊，都关门了，我们白来了。

山羊阿姨显然有些自责,说:真对不起,孩子们,看我这记性,我竟然忘记,夜晚店铺是不开门的,我真是太粗心了。

甜甜立刻安慰山羊阿姨:没关系,妈妈,我们一点不失望。甜甜指着店铺前的橱窗说:我们可以在橱窗里的广告里找你们喜欢的花头巾和花裙子呀,等找到了就敲开老板的门,请他卖给我们。

大家对甜甜的想法一致说好。

山羊阿姨和两个女儿一边在马路上走,一边看马路两旁橱窗里的广告,寻找自己喜欢的那种头巾和花裙子。

橱窗里摆设的东西各有不同。有运动装运动鞋,有小孩的推车坐椅的,有女人皮鞋的,有男人西装的。琳琅满目,形形色色。

甜甜突然惊喜地拉住妈妈的手,说:妈妈你看,我看到我喜欢的头巾了,哇噻,太好了,你快看,蜜蜜。一条盛开着一朵一朵鲜美桃花红的头巾在橱窗明亮的灯光映照下鲜艳夺目。蜜蜜真为甜甜高兴,她摇着姐姐的胳膊说:你太幸运了甜甜,总算没白跑一趟,终于可以买到你心爱的围巾了!你围上这条围巾,一定会叫很多女孩嫉妒的。

甜甜说:是啊,我的心都要乐开花了,我要把这条围巾放在我枕头旁,睡觉我也不能离开它。不过蜜蜜你也不要着急,你也能找到你心爱的裙子,我和妈妈会帮你一起找到的。蜜蜜得到甜甜的安慰,很有信心地对甜甜点点头。

山羊阿姨看两个可爱的女儿,心头荡起无比的幸福。

甜甜的心抖地一下冷,带点忧虑地看着妈妈说:妈妈,天这么晚了,人家店主早就关门睡觉了,你看,屋里的灯都灭了,人家不会再开门卖给我了。

山羊阿姨也担心这个,但依然说:是啊孩子,这么晚了真不该打扰人家,人家也未必为了一条围巾半夜起床开门。不过,我还是决定敲门,试一试,看看店主人卖给咱吗,我真的不愿意叫你们失望。

蜜蜜说:妈妈,我想店主人会给咱开门,会卖给咱的。

你为什么说得这么肯定啊?甜甜说着脸上布满愁云。

因为他们是善良的。妈妈您不是常对我们说,人都是善良的,他们都喜欢做好事,最愿意为别人着想吗?

是的,孩子,我也是这么想的。人心是无比温暖的。

甜甜听了妈妈和蜜蜜的话,心里鼓起了大大的勇气,说:好吧妈妈、蜜蜜,我来敲门试试。

这时妈妈突然拉住甜甜抬起的胳膊,叮嘱道:孩子,轻声点,轻声点,这寂静的夜里不要惊吓到人家。

甜甜对妈妈点点头。

甜甜按妈妈教的,咚、咚、咚,轻轻地叩响了门。

接着屋里的灯亮了,就听到咯噔咯噔走路的脚步声,脚步声离门口越来越近,到门前停住了,隔着门问:是谁呀,半夜敲门,有急事吗?

这是一个三十多岁女人的声音。

甜甜有点抱歉地对着门说:阿姨,我是小山羊甜甜,是从山里森林来的,来买头巾的,来到这儿天就这么晚了。麻烦把你橱窗的花头巾卖给我,好吗?我好喜欢那条头巾!

阿姨惊讶地说:你从山里来的,哎呀,孩子,走这么远的路呀,真不容易,你稍等,我去给你拿来。

转眼,阿姨把围巾拿来,阿姨把门开了一条缝。因为阿姨已经休息了,穿着睡衣呢。阿姨从门缝递给甜甜。甜甜也同时从门缝把钱给了阿姨。

甜甜接过头巾,高兴地对阿姨说:谢谢您阿姨,谢谢您,我的心愿终于实现了,我好幸福啊。

阿姨说不要谢我,我要谢谢你,顾客是上帝,你是我的上帝啊小山羊。

甜甜被阿姨的话感动得眼泪都要流出来。她对妈妈和蜜蜜说:阿姨好善良啊,

山羊阿姨说:是啊孩子,人心多美好啊!

甜甜并没立刻把头巾围上,她把头巾抱在胸前,踮起脚尖围着妈妈和妹妹转了几个圈,就像藏族人献哈达一样,舞姿美极了。

三

这时蜜蜜突然手指前方，兴奋地喊叫：妈妈，妈妈，我看到我喜欢的那条裙子了！你快看。蜜蜜指着不远处的一家橱窗。

噢，真的好漂亮！山羊阿姨仔细看了，笑着说：孩子，你们好福气，都找到你们自己最喜欢的东西，妈妈真为你们高兴啊。

蜜蜜说：妈妈，我也能像姐姐那样，去叫醒人家，让他们把裙子卖给我吗？

山羊阿姨点了点头：好吧，孩子，这家店的主人一定也是好人，你会和姐姐一样好运的！

甜甜也说：是的蜜蜜，这家店的主人一定也是好人！

蜜蜜羊得到妈妈和姐姐的鼓励，也学着姐姐的样子轻轻地叩响了店门：咚、咚、咚。

屋里的灯"啪"地亮了，接着就听到咯噔咯噔走路的脚步声，脚步声离门口越来越近，到门前停住了，隔着门问：谁呀，半夜敲门，有事吗？这是一个二十多岁大姐姐的声音

蜜蜜不好意思地对着门说：大姐姐，不好意思，这么晚，打搅你了！

那个大姐姐声音柔了下来，说：你有什么事需要我帮忙吗？

蜜蜜羊说：我是小山羊蜜蜜，刚从山里的森林来的。我想来买你卖的那条红花绿叶的花裙子，我好喜欢那裙子。请你卖给我，好吗？

大姐姐惊讶地说：你从山里来的，走这么远的路呀，怪不得现在敲门。真不容易，你稍等，我去给你拿。大姐姐的声音真好听，就像他们森林的百灵鸟。

没多大会儿，大姐姐把花裙子拿来，把门开了一条缝递给蜜蜜，问：是这一条吗？

蜜蜜一看正是自己喜欢的那条，忙说是。然后把钱递给了大姐姐。大姐姐说：你给的钱太多了。接着又找给了蜜蜜一些。然后问：小山

羊,你有地方休息吗?要是没地方,你就到我店里休息一夜吧!蜜蜜忙说不了,她和妈妈姐姐在一起呢!

告别大姐姐,蜜蜜和妈妈姐姐来到了路灯下。蜜蜜羊迫不及待把花裙子穿上了,她学着蝴蝶飞舞的样子,在路灯下翩翩起舞,惹得妈妈和姐姐捂着嘴大笑。

抬头看看如水的夜空中,星星眨着调皮的眼睛,好像在为甜甜蜜蜜祝福。一阵微风吹来,山羊阿姨感到身上一阵寒意,她对两个女儿说:孩子,你们的心愿已经实现了,妈妈的任务也完成了。咱们该回家了。你看,星星都要睡觉了!

甜甜羞涩地说:妈妈,谢谢你!谢谢你陪伴着我们!

蜜蜜也妈妈说:妈妈,让你跟着受累了!

看着两个懂事的女儿,山羊阿姨心里像喝了蜜一样,很甜很幸福。她说:好了孩子,我们快回家吧,你们的弟弟豆豆羊一定在家想你们了。

好吧妈妈,咱们回家!甜甜牵着妈妈的一只手,蜜蜜牵着妈妈的另一只手,在如水的月光下,她们快步向森林里的家归去。

山羊阿姨的春天

猴姐姐习习透过窗户看到山羊阿姨正朝她的花园走去。山羊阿姨的花园百花争艳芳香四溢,小伙伴们都喜欢到这儿来玩。

山羊阿姨是扛着镢头去她的花园的。看着山羊阿姨的背影,习习的脸不由得红了。因为她今天要带着妹妹菲菲去给山羊阿姨道歉。昨天傍晚,妹妹菲菲闯进山羊阿姨的花园,摘了花园里的玫瑰花。玫瑰开了三

朵,菲菲给掐了两朵。真是气人啊!我们去道歉,不知山羊阿姨接受不接受呢。不问接受不接受,做错事了,就该去道歉。

习习牵着妹妹的手要出家门。菲菲噘着嘴,转动着滴溜溜的眼睛,不情愿地把手缩在怀里说:"山羊阿姨心疼那些花,一定会骂我的,那样太叫人难为情了。我不去!"

猴姐姐不愿意:"做了错事一定去道歉,保证下一次不这样做就是了!"

菲菲用眼角瞅着习习,耍赖说:"好姐姐,我保证以后再也不摘山羊阿姨的花了。这次就不去给山羊阿姨道歉了,好吗?"

习习说:"只有勇敢地面对错误,才能改掉错误。你对自己的错误遮遮掩掩,就说明你内心还在袒护自己,还存在侥幸!"习习一边说着,一边拽着菲菲走出家门。

山羊阿姨正在花园里刨草。习习看着小路上一些零零落落的花瓣,故意上前跟山羊阿姨搭讪:"山羊阿姨,你的花园真漂亮。"

看到习习和菲菲,山羊阿姨一边用撅头清理花园中的野草一边说:"是啊,看到这些花儿开得这么美,我真是太高兴了!"

"山羊阿姨,能看出,你在这些花儿身上付出的汗水和爱心。"习习说着低下了头说,"山羊阿姨,非常对不起!"

山羊阿姨问:"习习,你这是怎么了?"

习习说:"菲菲刚才摘了你两朵玫瑰花。"

山羊阿姨说:"我正在纳闷呢,我早上明明看见开了三朵,现在怎么只剩下一朵了?原来是这个小淘气摘去了!"

习习说:"我刚才看到她拿着花进家,我就教训她了!我用扫帚打了她三下!山羊阿姨,我保证这样的事,不会再发生了。"

山羊阿姨说:"我说刚才你家里咋传来你妹妹的哭喊声,原来是这么回事啊!习习,你是个好孩子,花今天摘去了,明天还会再生出花苞的。没关系的,只要花刺别扎了菲菲的手就好。你们这些孩子,也是我的花儿,你们永远比花儿重要!"山羊阿姨擦了一下流在脸上的汗水,问:"这几天,我怎么没看到你妈呢?"

第一辑 山羊阿姨的森林

31

习习说:"我妈去外婆家了。外婆病了,让妈去照顾几天。这几天我来照顾弟弟妹妹。我没看管好妹妹,对不起啊,山羊阿姨!"

"没关系我的孩子,"山羊阿姨说,"在我心中,你们永远比花重要啊!"

尽管山羊阿姨这么说,但习习还是很过意不去。

三天过去了,猴妈妈去姥姥家还没回来。

这天一大早,太阳刚刚露出红脸儿,小鸟就开始唱歌了。歌声在习习的窗前缭绕。这时她听到弟弟呆呆和一帮小伙伴们在嬉笑打闹,朝窗外伸出头一看,呆呆正和一帮小伙伴在山羊阿姨的花园周围追逐玩耍。习习忙穿衣起床,跑到屋外,大声嘱咐呆呆离花园远点,最好去别处玩。可无论习习怎样喊叫、警告,最后他们还是闯进了山羊阿姨的花园。他们的皮球还是砸倒了花园里的红牡丹。猴姐姐不得不再一次敲开山羊阿姨的家门。

"对不起,山羊阿姨,我弟弟的篮球刚刚砸了你珍贵的红牡丹!"

山羊阿姨看上去并没生气,只是用手摸着习习的头说:"好孩子,没关系。只要孩子们安全、快乐,就好!在我心里,花儿虽然重要,可你们永远比花重要。没事的,牡丹花还会再发新芽,长出新枝,还会重新开出牡丹的!"

山羊阿姨的花园成了孩子们的乐园。婆婆很喜欢这些孩子们,她常常因孩子们滑稽的举止逗得哈哈大笑,还常常和孩子们一起玩,并送给他们自己培育的鲜花,招待它们吃自己做的美食。

因在花园边玩,小伙伴们不知不觉就闯进了花园,或者球类什么玩具常常砸了花儿什么的。习习常常给山羊阿姨道歉:"对不起,菲菲学骑自行车,闯进了你的郁金香花丛了……""对不起,呆呆和小熊打架,压塌了你的篱笆了……"等等。可山羊阿姨总那句话:"好孩子,没关系的。只要你们安全就好。你们这些孩子永远比花重要!"

一个月后,猴妈妈回来了。习习就把呆呆菲菲怎样搞乱山羊阿姨花园的事一一说给妈妈。猴妈妈听了,忙放下包裹,没来得及歇一歇,就去山羊阿姨家了。

"她山羊阿姨，你真是一个大肚量的人啊，"猴妈妈说，"要是一般人，怎么能容忍孩子们在你花园里追逐嬉戏，还摘你的玫瑰花，踏坏你的郁金香呢？"

山羊阿姨还是和对习习说的一样："没关系，只要孩子们能平安，能快乐，孩子们永远比花重要啊！"

猴妈妈问："为什么啊？"

山羊阿姨说："不为什么，因我和你一样，爱她们！"

冬天来了，天空落起洁白的雪花。冬天一到，马上就要到过年了。给山羊阿姨送点什么过年的礼物呢？习习、菲菲、呆呆说："山羊阿姨这么喜欢花，我们就把我们家养的水仙花送给她！"大家一致赞成！

猴妈妈带着她做好的糕点，猴爸爸带着他摘的野果，带着习习、菲菲、呆呆去给山羊阿姨送水仙花。

山羊阿姨的腿有风湿病，一到冬天，就得坐轮椅。

山羊阿姨正在家里摆弄着一盆盆鲜花。为了这些花，她早把自己的家搭成了暖棚。暖棚里的盆盆罐罐里的郁金香、风信子、玫瑰花、紫罗兰、熏衣草等花草都盛开着。

山羊阿姨看起来比以前消瘦多了，正费力地给这些盛开的花儿浇水。看到猴大嫂一家人踏着雪来送过年的礼品，很高兴。菲菲把手中端着的水仙交给山羊阿姨说："山羊阿姨，这是我送给你的礼物！"

山羊阿姨接过水仙花摆放到那些花儿中。这些花儿组成了一个小花园！

猴妈妈说："哎呀，山羊阿姨啊，你的腿不好，咋还养了这么多的花啊！"

山羊阿姨说："不是我养的，是孩子们送的。孩子们知道我喜欢花，过年了，都给我送来了！哎呀，多么好的孩子啊！"

猴妈妈说："怪不得我为孩子的事我给你道歉，你总是说没关系！"山羊阿姨说："是啊，对我来说，天下没有比孩子们快乐和平安最重要的事啊！"

猴妈妈说："你真是孩子们的好阿姨！"

山羊阿姨说:"因为孩子们是我的花儿,是我的春天啊!"
门外传来噼里啪啦的鞭炮声。春天,马上就到了!

小黑豆做英雄

俗语说,樱桃好吃树难栽。可山羊阿姨前年栽种的樱桃树葱翠嫩绿,长势喜人,今年结了满满一树,又大又红,远看像一树燃烧的火焰。

从早上开始,山羊阿姨就开始采摘了,到太阳升到房顶时,摘了满满一篮子。山羊阿姨对儿子小黑豆说:豆豆,吃完早饭,辛苦你,把这篮子樱桃送到你姥姥家,好吗?

一听给姥姥送樱桃,小黑豆高兴得差点跳起来:没问题,保证完成任务!

吃了早饭,小黑豆就挎着一篮子樱桃上路了,看小黑豆走得那么急,山羊阿姨对着背影大声喊:豆豆,路上小心,注意安全!

小黑豆头也不回,应声道:知道了妈妈,您放心吧!

姥姥家住在山东边的一个小山村里,和小黑豆家隔着两座山。姥姥家的那个小山村可美丽了。一到春天,小鸟在花丛中啾啾鸣叫。整个村子都被槐树的绿荫覆盖着;槐花盛开的时候,到处弥漫着醉人的花香。村后有一条小溪,清澈透明,闪动着粼粼的波光,哗啦啦,哗啦啦,从早到晚,唱着歌儿,一直流淌到远远的大坝那边去。

小黑豆唱着歌,此时走在一条蜿蜒的山路上,看着满山的春色,心里很是舒畅。路过一片小树林时,忽然听到前面传来一个小女孩惊恐的叫喊声:救命啊,快救命啊!

第一辑 山羊阿姨的森林

听到喊声，小黑豆想也没想，放下篮子，循着声音，直奔小女孩。

太可怕了，太可怕了，快把它赶走！小女孩吓得变了声，右手指着一个东西，对跑来的小黑豆叫喊着。

小黑豆一看，大笑起来，原来女孩说的"太可怕了"是一只老鼠。

小黑豆对小女孩说：这么个小东西，就把你吓成这样？你真是胆小如鼠！

小女孩惊魂未定，说：我什么都不怕，就怕老鼠！怕小黑豆不相信说：我连蛇、老虎都不怕，就是怕老鼠。小女孩说这个，小黑豆信。有的人不怕老虎不怕狼，就怕蛇、青蛙、老鼠之类的小动物。比如说他小黑豆，不怕狮子和老虎，就怕癞蛤蟆。

老鼠看小黑豆站在自己不远处，缩头缩脑，有点怕，可又不肯逃走，因为它太想得到小女孩脚边的一枚炒熟的花生。那粒花生或许是谁掉地上的呢。

小黑豆瞪着老鼠，吓唬说：快走！再不走我就打断你的腿！

老鼠一看小黑豆那威猛的神态，刺溜一下逃得没影了。

小黑豆看到小女孩背着书包，就安慰她说：没事了，快去上学吧，别迟到了。又像大哥哥样叮嘱道：以后要锻炼得胆大一点，不能这么懦弱，你要学会勇敢，只有勇敢的孩子才不会害怕！说着他拍拍自己的胸脯说：就像哥哥一样，哥哥就什么都不怕！

小女孩感激地看着小黑豆说：谢谢你，我记住了。然后蹦跳着上学去了。

看小女孩走远了，小黑豆偷偷笑了。他笑小女孩胆小得可爱。一只无能的老鼠也能把她吓得乱喊乱叫。倘若遇到的是一只大灰狼，那小女孩又会怎么样？小黑豆想，我又会怎么样？哼，我一定要像个真正的英雄一样，要好好得和大灰狼较量一番！小黑豆握紧拳头，想，他一定会像《水浒传》里的武松，赤手空拳打老虎，成为英雄，威震四方，美名传遍森林。想着想着小黑豆忽然觉得自己就是英勇。他昂起头，挺起胸，浑身竟充满了力量。

之后，小黑豆拎起他的那一篮子樱桃，雄赳赳气昂昂，继续往姥姥

家走。

走着走着，小黑豆听到路边草丛里有一个清脆的声音在叫他：小黑豆，你好啊，是去姥姥家吗？

原来是小白兔在草丛里摘野花。小黑豆看着小白兔手中五颜六色的花朵说：小白兔，你采的花真好看。我是给我姥姥送樱桃去。

小白兔夸奖说：你真好，真孝顺。

小黑豆说：小白兔，你猜，刚才我在路上发生了什么事吗？

小白兔笑着说：我当然不知道了。你说给我听听，发生了什么事？

发生了一件非常可怕的事。小黑豆表演着，说：从树林里忽然蹿出一只大灰狼，要吃掉一个背着书包正去上学的小女孩。

啊？真是可怕啊，小女孩怎么样？小白兔的心提到了嗓子眼。

小黑豆说：小女孩安然无恙，因为就在千钧一发之际，有一个小英雄从灰狼嘴里救下了小女孩。

小白兔松口气，说：哎呀，可把我吓坏了！请问那位了不起的英雄是谁啊？

小黑豆得意地说：远在天边近在眼前。

小白兔说：什么？是……

小黑豆用大拇指指着自己说：那英雄是我！

小白兔对小黑豆竖起大拇指，连声称赞：小黑豆，你真了不起！你真是好样的！你是见义勇为的英雄，我们大家都要向你学习啊！

不知为什么，听到小白兔的夸奖小黑豆一下子不好意思起来。小黑豆把自己想象成英雄竟开口说成自己是真英雄，说了谎话，小黑豆心里忐忑起来，脸热得发红。因为他太想成为森林里的一名英雄了。他低着头，不好意思看小白兔的那双信任的大眼睛。

小白兔以为小黑豆谦虚，不好意思被夸奖，害羞了，心里更加钦佩。

小黑豆对小白兔说：再见小白兔，我要快点去姥姥家了，不然姥姥会担心的。

然后小黑豆跟小白兔道别，向姥姥家跑去。

快到姥姥家的村口时，猴子金毛毛从小黑豆身后追跑过来，一边跑，一边喊：小黑豆等等我，小黑豆等等我。

小黑豆停下脚，转过身，金毛毛大口喘着粗气跑过来，跑到小黑豆跟前，还没等站稳，就"唰"地给小黑豆行了个军礼，说：向英雄小黑豆学习。

原来飞毛腿小白兔跑得快，还没等小黑豆到姥姥家，早已把小黑豆勇救小女孩的事向所有的小伙伴传播了。

金毛毛说：我听小白兔说了，那是一只凶狠的大灰狼，牙齿有半尺长，舌头耷拉到脖子，可你不顾个人安危，临危不惧，从灰狼嘴里救出小女孩。小黑豆，你真是好样的，是我们学习的好榜样！

小黑豆心里慌乱极了，害羞极了，他没想到，一句不假思索的话竟搞得大家信以为真，事到如今，无论怎么后悔都晚了，咋办呢？告诉大家真相，是自己说谎，自己编造出来的？如说了，自己还有什么脸面见人，大家以后肯定都不和他玩了，都把他当成骗子了。

怎么办呢？小黑豆头上急得冒出汗珠。他低着头，不好意思抬头看金毛毛那微笑的目光。金毛毛还以为小黑豆是谦虚。做了好事不愿说，心里更加佩服。

小黑豆对金毛毛说：我要快点去姥姥家，不然姥姥等急了。

小黑豆跟金毛毛说完再见，就往姥姥家跑去。现在的小黑豆很害怕再见到人，害怕别人夸他是英雄。

快到姥姥家门口的时候，小黑豆迎头遇到熊伯伯。熊伯伯听说小黑豆在路上救了上学的小女孩，是特意来姥姥家看望小黑豆的。

熊伯伯最喜欢小黑豆，一看见小黑豆，就给了他一个大拥抱。差点把小黑豆篮子里的樱桃弄撒了。熊伯伯哈哈大笑说：你真是个了不起的好孩子，竟然从那灰狼嘴里把女孩救出来，哎，小女孩多亏遇到你，不然，后果不堪设想啊。

小黑豆羞愧难当，他觉得自己对不起大家，对不起爱他的熊伯伯，还有小伙伴，更对不起妈妈姥姥。如果妈妈姥姥知道他是说谎，一定会狠狠批评他，就连他的两个姐姐甜甜蜜蜜也不会原谅他，认为他这样做丢她们山羊全家人的脸。想到这里,小黑豆简直不敢进姥姥家的门,不敢见姥姥了。

就在这时,小黑豆身后响起了叮叮锵锵的声音,回头一看,有一帮人敲锣打鼓朝姥姥家来了。其中有飞毛腿小白兔,有小猴子金毛毛,有熊伯伯的儿子熊蛋蛋,还有乌龟笨笨、松鼠跳跳,啊,他们手里还捧着奖状、奖杯呢。更出乎他意料的是,那个小女孩也在他们中间,小女孩正看着他微笑呢!小黑豆的脑子一下子蒙了,他感到自己像做梦。是啊,要是所发生的这件事真是梦有多好啊!此时,小黑豆的眼里急出了泪。

山羊阿姨也从屋里出来了,看到自家门口那么多人,敲锣打鼓好热闹,原来是自己的外孙子做了英雄,大家来为她们家祝贺道喜的,高兴地搂着外孙子亲。之后,山羊阿姨把小黑豆给她送来的樱桃分给了大家,让大家一起来分享她的快乐和幸福。

熊伯伯把小女孩领到山羊阿姨跟前,呵呵笑着说:看看,这个小姑娘就是被你外孙子从狼嘴里救出来的,多可爱的孩子!这都要感谢你,感谢你有这么好的外孙子!

山羊阿姨抚摸着小女孩的头,怜爱地说:好可爱的孩子,你真是幸运,遇上了我的好外孙。他多么勇敢啊,他真是个英雄!我真的为他骄傲!山羊阿姨说着,眼里竟流出幸福的泪花。

小黑豆看到姥姥如此为他动情,更加愧疚了,他下定决心,鼓足勇气,决定向姥姥承认错误,向大家承认错误。

就在大家都沉浸在高兴中时,小女孩静静走到小黑豆跟前。小女孩的眼睛又黑又亮,水灵灵的,充满了善良和温情。小黑豆不敢看小女的眼睛。他觉得小女孩不该用这么美好的目光看他,应该是谴责和鄙视的目光才对。

小女孩拉起小黑豆的手,轻轻地说:黑豆哥哥,谢谢你!对我来说,那只老鼠就像大灰狼!真的。我当时吓坏了,若不是你,我会吓昏过去的。你什么也不要说,你心里咋想的我全知道,我能从你的眼睛里读懂你。我知道,你的内心很勇敢!你将来一定会是英雄,一定能成为

我们最受尊敬的英雄!你说对吗,山羊哥哥?

　　小黑豆使劲点点头,泪花夺眶而出,那是感激和惭愧的泪啊。

第一辑

豆豆羊救狼

山羊阿姨的魔术

春天下午的阳光妩媚温和。慢慢龟，甜甜羊、蜜蜜羊、小黑豆、大皮猴、小皮猴、宝宝熊几个小伙伴在山羊阿姨家门口玩耍，忽然传来熊宝宝伤心的哭声。山羊阿姨忙从屋里跑出来，一边给宝宝熊擦眼泪，一边问：怎么回事宝宝熊？

宝宝熊流着泪：山羊阿姨，我的水晶魔方没了。

山羊阿姨问：是那个正方形，由五颜六色的小方块组成，转起来一卡一卡的吗？

宝宝熊抹着泪，使劲摇头说不是。我这个魔方很特别，还很珍贵，你们从没见过。是圆形的，乒乓球那么大，太空水晶做的。

太空水晶做的？我们可从没见过太空水晶。小皮猴说。

是啊，要是没丢，叫我们开开眼界长长见识多好！山羊阿姨的孩子小黑豆说。

是啊是啊。小黑豆的两个姐姐甜甜和蜜蜜也随和着说。

大皮猴表示怀疑：太空水晶做的？你从哪儿得到那么珍贵神奇的玩意？

宝宝熊对大皮猴的怀疑表示不满，大声抢白：那个魔方是我姑姑去太空考察，一个外星朋友送的，是独一无二的，如果丢了，以后有可能再也得不到了。

你姑姑去太空考察？你姑姑是干什么的？大皮猴问。

宝宝熊得意地说：我姑姑是科学家，去太空考察是常事。当然了，去太空考察不算奇迹，能见到外星人那才是奇迹。考察团规定：考察人员不准跟外星人接触。因为接触外星人不一定是好事，有可能带来灾难。可我姑姑冒着风险，见到外星人。外星人很友好，送给姑姑这个魔方。这是我姑姑见到的唯一的外星人，是外星人和我们地球人友好的唯一见证。

好珍贵啊！大家听熊宝宝说得有根有据，头头是道，都不再怀疑，继而对宝宝熊丢失这么珍贵的东西感到遗憾和惋惜。

如果丢了，姑姑不会饶我的。这个魔方对我太重要了，因下星期要参加学校组织的魔方大赛，姑姑只是暂时借我用，比赛完了，就得还她。

你参加学校的魔方大赛？小黑豆问。

是啊，我已通过初赛进入复赛了。

宝宝熊，你真聪明，别看魔方那么小，可玩起来很费脑子。小黑豆羡慕地说。

魔方它不单是一个玩具，还是一种科技活动，一种竞技项目。玩魔方能锻炼专注力、思考力、比玩mp3好多了。我最喜欢魔方。宝宝熊说。

山羊阿姨说：这么珍贵的东西你为什么不放好呢？

宝宝熊说：我就放在这个褂子口袋里的，刚才玩热了，就把褂子脱了挂在这根树枝上，可不知怎么就不见了。宝宝熊说着眼里的泪又要流。他接着用怀疑的目光扫视一下小伙伴说：我敢肯定，水晶魔方一定是你们中的一个人偷的。一定在你们这几个人身上！

小伙伴看宝宝熊用怀疑的眼光看他们，都不舒服。甜甜羊说：宝宝熊，我没偷你的魔方，你别怀疑我啊。

蜜蜜羊也说：我也没偷你的魔方，你别怀疑我。

大皮猴小皮猴慢慢龟都一起说：我们都没偷你的魔方，别怀疑我们啊。

大皮猴忽然想出一个方法，对宝宝熊说：你要不相信我们，挨个搜身好了。反正我们几个都在这，你一搜身不就真相大白了吗？！

甜甜羊说：我反对！搜身是对我们尊严的侮辱！

对，我们又没偷，不能搜我们的身！搜身是对我们的侮辱。大家一起说。

宝宝熊气得脸通红，大声说：为什么不能搜？谁不答应搜，这说明，魔方就是谁偷的！

宝宝熊的话，像炸药，顿时把气氛弄得火药味很浓。

山羊阿姨一直没说话，注视着孩子们的反应，眼看要发生一场"战争"，连忙阻止：孩子们，我相信你们都是心灵美品质优的好孩子。请你们相信我，我知道水晶魔方在哪。

什么，你知道？

山羊阿姨点点头：我会变魔术，我一变，就把魔方变出来了。

大家所有的眼睛都转向山羊阿姨。甜甜羊、蜜蜜羊、小黑豆齐声问：妈妈，你不是开玩笑吧？我们从不知道你会变魔术啊？！

山羊阿姨摇摇头：我变给你们看，你们就知道了。不过，这得需要你们配合。山羊阿姨对宝宝熊说：把你刚才脱掉的褂子给我用用好吗？我要把你丢失的魔方重新变回来，变到你的口袋里！

真的？宝宝熊半信半疑，把褂子递给山羊阿姨。

山羊阿姨对孩子们说：你们要听我的指令，叫你们闭眼就都闭眼；叫你们睁开时再睁开。现在按顺序排好队，我走到你们每一个跟前时，你们就把小手伸进宝宝熊的褂子口袋里，在口袋里放一分钟，我说好，你们再把手拿出来，好吗？

大家齐声答好。

大家都照山羊阿姨的指令排好一长队，站第一是慢慢龟，第二是甜甜羊、接着是蜜蜜羊、小黑豆、大皮猴、宝宝熊，最后一个是小皮猴。等山羊阿姨的魔术结束，宣布大家请睁开眼睛时，哇，奇迹真发生了：水晶魔方在山羊阿姨的手里熠熠生辉，美妙极了。

大家欢呼跳跃起来，小黑豆问：妈妈，你是怎么变出来的，能教我也变一个吗？

大家都说：山羊阿姨，你教教我们吧！

山羊阿姨哈哈笑了：这个，现在教你们，你们也学不会，等你们长大了，我会教给你们的。山羊阿姨又说，孩子们，你们出来好久了吧，该回家吃饭了，不然，妈妈都要喊你们了！

大家都喜欢山羊阿姨，对山羊阿姨无比尊敬，山羊阿姨的话当然要听喽。就都嘻嘻哈哈地回家了。

第二天下午，小皮猴放学路过山羊阿姨家门口时，看到山羊阿姨在她的花园里给花儿剪枯枝，就低着头走过来。小皮猴来到山羊阿姨跟前，头更低了说：山羊阿姨，我以后再也不拿别人东西了。谢谢您山羊阿姨！我会永远牢记这件事，做一个诚实守信道德高尚的好孩子！

山羊阿姨轻轻抚摩着小皮猴的头说：做错事要勇敢承认，知错就改，改了就是好孩子。我相信你，以后再也不会犯这样的错误了！你一定会是个好孩子！

原来，昨天当宝宝熊说要搜身时，山羊阿姨看出小皮猴眼里露出慌张和害怕。细心的山羊阿姨断定这事一定跟小皮猴有关。可山羊阿姨又不能当面批评小皮猴，她要保全小皮猴的尊严，还要叫他知错就改，把水晶魔方还给宝宝熊，所以山羊阿姨就想出变魔术的妙计。

开心爷爷的奖励

豆豆羊和姐姐甜甜羊、蜜蜜羊，还有笨笨熊、慢慢龟、小皮猴、大皮猴，在森林里玩捉迷藏。

大头狼听到他们的欢笑声，也跑来参加。

所有的小伙伴都找到隐秘的地方藏起来，让豆豆羊一个人找。如果豆豆羊找到他们中的任何一个，那个小朋友就得出来给大家表演节目，唱什么歌跳什么舞都可以，只要大家开心。

游戏开始了，大家撒欢似的去找隐蔽的地方藏起来。大皮猴、小皮猴刺溜爬到树上藏在树叶后；笨笨熊趴在草丛里；慢慢龟挤到石头旮旯里。

一看别人藏得那么严密，大头狼就撒开腿，往森林深处跑。他想，我一定要藏得比你们任何人都严实，叫豆豆羊找不着，急死它；叫大皮猴、小皮猴他们看看我多聪明；哼，你们都是笨蛋！

大头狼跑着跑着发现森林深处有一个小木屋。这个小木屋是开心爷爷的。小木屋门前是一个用竹子围起来的鸡圈，鸡圈里养着好多好多只鸡。

那些鸡个个肥头肥脑，精神抖擞。看到大头狼站在鸡圈门口，有的咯咯咯大声叫，有的咕咕咕低音叫。大头狼低声对他们说：别怕别怕，我不吃你们，我现在学好了，我是你们的朋友。不过我要打扰你们一下。大头狼的眼珠骨碌骨碌在眼眶里转了两圈，看到鸡栅栏的门上有一把钥匙插在锁里，一定是开心爷爷忘记收好。大头狼一阵窃喜，想：我要是钻进鸡窝里，藏在鸡群里，豆豆羊就不会找到我了。大头狼打定主意，那就这么办！他把钥匙轻轻一转，啪嗒，鸡圈的门开了。

门一开，鸡圈里的鸡一齐冲出门口，撒开翅膀疯狂地乱飞乱跑，有的学鸟的样子往天上飞，有的像逃犯眨眼就跑得无影无踪。有的高兴地扇着翅膀在地上打滚翻筋斗。

大头狼一下子吓傻了，看着眼前的一幕，大头狼马上意识到闯了大祸了！这时，猛地听到开心爷爷大声喊道：这是谁干的？是哪个浑蛋干的？！开心爷爷一边喊一边往鸡圈这边跑。大头狼拔腿就跑，在一棵大树后面藏起来。他想千万不能叫开心爷爷知道是自己把鸡圈门打开的，要是开心爷爷知道了，非打他不可。再说了，反正又没人看见是我打开的锁，只要我不说，谁都不会知道，对，不能说。

开心爷爷站在空荡荡的鸡圈前，看着满地乱飞乱跑的鸡，一点也不开心了，鼻子都气歪了。他跺着脚对着树林大喊：哪个浑蛋放了我的鸡？谁干的，快出来！

大头狼藏在树后,脸吓得煞白,浑身哆嗦,心跳到嗓子眼。

开心爷爷的叫喊声很大,甜甜羊、蜜蜜羊她们都听到了,她们不知道发生了事,和笨笨熊、慢慢龟忙往这里跑。

开心爷爷看到来了这帮小东西,眼睛瞪成了灯泡,他指着他们说:准是你们这帮小东西干的,快说,谁干的?为什么打开我的鸡圈?谁开的门,谁要负责给我把鸡一个个找回来。

几个人你看看我,我看看你,都对开心爷爷摇头。

开心爷爷说:都不承认是吧,好,不承认我叫你们挨个吃棍棒;我一个一个打你们,叫你们通通都吃苦头。说着顺手从地上拾起一个大木棒,在空中挥舞着。

甜甜羊看着开心爷爷的木棍,吓得头缩在脖子里,说:开心爷爷,真不是我们干的,我们刚才在那边捉迷藏玩呢,根本没到这里来!

豆豆羊说:是啊,开心爷爷,我们在那边玩呢,鸡笼谁开的,和我们没关系。

接着笨笨熊慢慢龟都说不是自己开鸡圈,也不知道是谁开的

我最讨厌做了坏事不承认的孩子了!开心爷爷把棍子又举高了一些,愤愤地说:如果知错改错,向我赔礼道歉,我就原谅你们,现在,我就要用我的棍子来教训你们!说着开心爷爷把棍子又往高处举。

住手!不准打!死老头子!不远处颤颤巍巍跑来满头白发的开心奶奶。老人家喘着粗气,怒视着开心爷爷,一把夺过木棍说:死老头子,你看看这些小东西,哪个能经你打!你太狠了!

开心爷爷看着开心奶奶忽然笑了,说:老太婆,我哪舍得打他们,我只是吓唬吓唬罢了,我拿木棍只是做做样子。

开心奶奶看着眼前的小家伙,和蔼地问:孩子们,吓着你们了吗?其实爷爷是善良的老头,哪会真打你们,他只是吓唬你们,让你们说真话。

开心奶奶一边说着一边从口袋里掏出一支竹哨,对着那一大群胡乱跑散的鸡,嘟嘟嘟,连吹了三遍。真奇怪,那些鸡仿佛听到集合号,掉转头一溜烟地朝鸡圈奔来,它们簇拥在开心老奶奶脚下,欢蹦跳跃。接

着开心老奶奶又换了一种哨音：滴滴滴。就见这些鸡们很快地排好队，依次地往鸡圈门里进。一个个训练有素似的。

豆豆羊笨笨熊慢慢龟看得眼睛都快鼓出来了，惊叹地问：开心奶奶，您会魔法？鸡们怎能听懂你的哨子？

开心奶奶慈祥地笑了，说：我会魔法？其实呢，这些鸡从小和我在一起，我一点一点把它们喂大，它们就像我的孩子。我在它们小的时候就吹竹哨喂它们食物，招呼它们进圈。所以我一吹哨子，它们就明白了！

原来是这样啊！豆豆羊、笨笨熊、慢慢龟他们都明白了。

咯咯嗒——这时，一只蹲在鸡圈草窝里老母鸡，通红着脸，仰着脖子朝天叫。开心奶奶听到了，转身进鸡圈，在老母鸡趴过的草窝里捡起一只白皮蛋。鸡蛋事刚下的，热乎乎的。

开心爷爷从开心奶奶手里接过鸡蛋，笑着对豆豆羊他们说：如果谁向我承认谁打开了鸡圈门，我就把这只鸡蛋奖励给他！

开心老奶奶说：算了。不要再追究这些事了。

开心爷爷说：承认错误是一种美好的品质，要让孩子们知道，做错了事敢正视，敢担当，以后不要犯同样的错误。

开心奶奶点了点头，她觉得开心爷爷的话有道理。

开心爷爷老头说：谁承认错误，我就把这只鸡蛋奖励给他。这可是最新鲜的鸡蛋，回家让妈妈煮着吃，炒着吃，做荷包蛋吃，会非常香呢！

笨笨熊嘴里流出口水，他看着老头手里的鸡蛋说：老爷爷，你的话是真的吗？若说出来实话，你不会骂或打他吧？

老头摇摇头说：不会。只要他敢承认自己错了，他就是个好孩子！我就原谅他！

笨笨熊说：不是我做的，尽管我很想要这只鸡蛋。

慢慢龟小皮猴大皮猴都说：开心爷爷，我们很想得到这只鸡蛋，可我们真的没打开你鸡圈的门。

大头狼在树后憋不住了。那个鸡蛋早把他肚里的馋虫闹腾得难受极

了，啊，实在受不了了。

大头狼从树后面蹿出来，站在了前面，看着开心爷爷手里的鸡蛋，说：开心爷爷，对不起，是我干的，是我把鸡栅栏门打开的！

老爷爷哈哈大笑了。

这时候大家才发现他们原来忘记了大头狼。小皮猴跳出来说：开心爷爷，这个鸡蛋不能给大头狼，他不是真正承认错误，他是想得到这个鸡蛋。

豆豆羊大皮猴慢慢龟笨笨熊也看出了大头狼的用意，就说：对对对，大头狼就是想要鸡蛋。

你们胡说，我是真心承认错误。大头狼急忙对开心爷爷和开心奶奶保证：爷爷奶奶，我给你们保证，以后做个好孩子！再不做调皮的事了！大头狼说着，眼泪急得快流下来了，他真害怕老头和老奶奶听豆豆羊他们的话，不奖励给他那个鸡蛋。

开心老奶奶看大头狼的样子，就对开心爷爷说：把这个鸡蛋奖给大头狼吧！咱们相信他，他以后会做个好孩子！说着开心奶奶从开心爷爷手里接过鸡蛋交给了大头狼。

小皮猴看到老奶奶把鸡蛋给了大头狼，很生气，说：奶奶爷爷，大头狼开了鸡门，放跑了你的鸡，干了坏事你还奖励他鸡蛋，这样不公平！

开心爷爷和开心奶奶被小皮猴说笑了，说：小皮猴说得有道理。老奶奶转过身，指着身后的一个大箩筐说：看看，那还有一大筐鸡蛋呢，这些都是今天早上刚从鸡栅栏里捡出来的，都是最最新鲜的。你们都有份！

开心爷爷说：给你们每人三个，比大头狼多两个，因为你们没有犯错，你们是最好的孩子！

大头狼手捧那一个鸡蛋，眼里的泪，唰地流出来了。可，这又能怨谁呢？

山羊爸爸的病危信

快过年了,蜜蜜羊临窗而立,一脸忧伤。

姐姐甜甜羊看妹妹蜜蜜羊一直站窗前不说话,就走到她身边问:蜜蜜羊,你怎么了?谁惹你了?你咋不高兴啊?这大过年的?

蜜蜜羊看了看姐姐,摇了摇头。

甜甜羊说:蜜蜜,你应该高兴才对呀,妈妈的老寒腿治好了,不疼了,又能像从前那样正常走路了,这可是天大的喜事,我们多开心啊!

蜜蜜羊看着姐姐说:妈妈的腿好了,我当然高兴,再也没有比这更令人高兴的事了。

甜甜羊不理解地问:那你是因为什么不开心啊?

蜜蜜羊说:姐姐,你难道不想念爸爸吗?爸爸离开家快半年了,也不知道他现在身体怎样,工作何时结束,何时才能回家。我在想爸爸。

一说起爸爸,甜甜羊的眼里湿湿的。但甜甜羊天生乐观,对什么事都充满希望。她迅速擦掉眼泪说:爸爸是随"绿洲基金会",去千里之外的"沙漠村",帮助那里的人们植树造林,爸爸做的是大好事,再想我也要忍。不过,我相信爸爸很快就回来了,我敢说,再过十天,爸爸准会回来!

蜜蜜羊不相信,反问道:我怎么不知道爸爸再过十天就回来?妈妈告诉你的?

甜甜羊说:难道你忘了,爸爸临走时亲口对我们说:孩子们,你们在家都要听妈妈的话,帮妈妈做些家务,好好读书,到过年时,爸爸的工作结束了,咱们一家人就能团聚了。现在到过年只有十天了,爸爸就快回家和我们团聚了。甜甜羊说着竟激动得眼睛里放射出光芒。

蜜蜜羊脸上的忧伤也一扫而光,她高兴起来,说:对,我怎么忘了呢,真该死。我记得爸爸临出家门时,一个一个和我们吻别,爸爸的吻

仿佛还留在我脸上呢。蜜蜜羊不由得摸了一下自己的脸庞。蜜蜜羊又说：不过，爸爸吻妈妈的时间最长，我都快嫉妒死了！

甜甜羊说：因为爸爸最爱妈妈呀。

蜜蜜羊说：不，爸爸最爱我。

甜甜羊说：你什么都嫉妒，爸爸吻妈妈的时间最长，是因为爸爸心疼妈妈，担心妈妈一个人照顾我们太辛苦，给妈妈加油，要妈妈坚强。

蜜蜜羊说：爸爸临走时，我们表现得都和妈妈一样坚强，都没哭。就连弟弟豆豆羊也忍住了。

是啊，尽管我们都舍不得爸爸离开我们，但我们都很坚强。甜甜羊说。

山羊妈妈正坐在沙发上给山羊爸爸编织毛衣。听两个女儿聊得那么开心，幸福的笑容洋溢在她慈祥的脸上。甜甜羊见妈妈笑她和妹妹，调皮地给妈妈眨了下眼。

山羊妈妈说：傻孩子，你们笑什么。

蜜蜜羊说：我们太高兴呗。

甜甜羊说：是啊，最爱你的那人就要回了，我们高兴呗。

最爱我的那个人？他是谁啊？山羊妈妈一下子糊涂了。

那个人就是，我们最亲爱的爸爸啊！甜甜羊，蜜蜜羊齐声说。接着两个小姑娘都哈哈大笑起来。弟弟豆豆羊听见两个姐姐的笑，忙从他的房间跑出来凑热闹，问：你们在笑什么？笑什么，快告诉我。

这时，一阵急促的门铃声打断了她们的笑声，胖胖的熊妈妈慌慌张张拿着一封信来了。是邮递员把信送错了，送到熊妈妈家去了。

信来自"沙漠村医院"。天有不测风云，怎么也没想到，这是一封可怕的信！

山羊妈妈忙从熊妈妈手里接过信，读了上面的两行字，便倒在沙发里。她脸苍白，信里的每一个字，都像子弹射进她的胸膛。她就感觉呼吸急促，天马上就要塌下来。

甜甜羊、蜜蜜羊、豆豆羊，忙跑到妈妈跟前，偎着妈妈，他们十分害怕，他们已经意识到发生了不幸的事。豆豆羊从妈妈手里拿过信，声音颤抖地读道：山羊妈妈，山羊爸爸病重，请速来！落款是，"沙漠村医院"。

大家屏住呼吸听着豆豆的声音，屋子里死一样寂静。瞬间，世界似乎一下变了。甜甜、蜜蜜、豆豆觉得失去了全部的依靠和幸福。过了一会，山羊妈妈醒过来，看着她的三个孩子，她伸出手把他们紧紧圈在怀里说：我马上去看望你们的爸爸去，也许太晚了，孩子们，说着，山羊妈妈眼里流出了泪：你们要有心理准备，和妈妈一起承担这个不幸吧！

屋里响起三个孩子的哭泣声。

熊妈妈安慰说：山羊妈妈，你要镇定，要冷静，你现在是这个家的顶梁柱了，你是孩子们的主心骨了，对你来说，镇静是解决痛苦最好的灵丹妙药啊。

看到妈妈痛苦的样子，熊妈妈又说：上帝会保佑山羊爸爸的，他是好人。山羊妈妈，不能再浪费时间光是哭了。我替你收拾行装，你快去看望山羊爸爸吧

熊妈妈一边劝说着，一边用围裙擦了擦眼泪，之后用温柔的大手紧紧地握住山羊妈妈的手。

山羊妈妈点了点头：你说得对，熊大嫂，现在可没时间哭。我得赶快准备一下行装，马上就走！

三个懂事的孩子学着妈妈样子镇静下来。

熊妈妈提醒说：除了准备一下路上用的东西，你考虑一下还该带什么？我帮你去办。

这时，乌龟妈妈来了。乌龟妈妈是从邮差那里得知这不幸消息的。乌龟妈妈压抑着内心的悲哀，对山羊妈妈说：要带些药品去，这是必需品，因为那里医院的药不一定都是好药。

山羊妈妈听了点点头说：谢谢您的提醒，乌龟妹妹，我的脑子都糊涂了。

是的，这个坏消息把这位可怜的女人弄得头昏脑涨，安静美满的家庭生活打乱了。

甜甜羊蜜蜜羊劝妈妈去卧室歇一会儿，她们向妈妈保证：在妈妈看望爸爸的这段时间里，她们会好好照看弟弟，这使山羊妈妈备感欣慰。

豆豆羊说：不，我不要姐姐照顾，我已经长大了，我是男子汉了，我要和妈妈一起去看望爸爸！路途那么遥远，妈妈一个人去，我不放心，我要在路上照顾妈妈！

山羊妈妈眼里的泪似决堤的水。她用手抚摸着豆豆的头，摇着头说：不，孩子，路途那么远，你不能跟妈妈去。

不，妈妈，就是天涯海角我也去，我要陪伴你，我要去照顾爸爸！

不行，孩子，你太小。说话的是猴爸爸。猴爸爸急急忙忙进门来了。猴爸爸抚摩着豆豆羊的头疼爱地说，路途太远了，孩子，你怎么能承受得了呢？再说了，你去了，只会给妈妈增添负担。

那妈妈一个人去，我太不放心了！豆豆羊说着眼里急出了泪。

猴爸爸说：孩子，我跟你猴大妈商量好了，我陪你妈妈去！我们现在就动身，明早乘第一班火车。

虽然山羊妈妈希望路上有个伴，但她还是轻轻摇摇头说：谢谢你，猴大哥，这是一次非常痛苦的长途跋涉，并且又是过年，你的儿子也快从大学放假回来了，他也很想念你。再说了，你家嫂子的身体还不好，我不能让你陪我去受罪！

猴爸爸说：我们是邻居，俗话说远亲不如近邻，再说了，山羊爸爸是我最好的兄弟，我们的感情水乳交融，现在他有难了，我心里难受啊，陪你，我一定陪你去！

熊妈妈从卫生间出来，拿着一条用温水湿过的毛巾，她用毛巾给山羊妈妈轻轻擦拭哭湿的脸，又给她端来一杯茶。茶的清香如烟袅绕着。山羊妈妈强打着精神喝了一小口，这使她的精神逐渐好起来。

甜甜羊给妹妹弟弟使了个眼色，三个人离开妈妈身边，去里间屋，好像商量什么事。不一会儿，三个孩子走出房间。甜甜脸上带着一种古怪的神情，她把手里攥的一把零钱放到妈妈手里，哭着说：这是我们三个送给爸爸的礼物，希望他快快好起来，平平安安回家。

妈妈接过钱，愣住了，说：亲爱的孩子，这么多钱啊，你们是怎么

弄来的?

三个孩子齐声说:妈妈,这是您平时给我们的零花钱,我们不舍得花,攒下的!

妈妈慈爱地说:我知道你们是多么爱爸爸,妈妈有钱,妈妈是不会用你们的钱的!

不,妈妈一定要带着,不然,你就割掉我们的鼻子好了!豆豆羊一时情急,脱口而出。

甜甜羊蜜蜜羊也跟着弟弟说:你不要,就割掉我们的鼻子好了!

妈妈激动地把三个孩子搂在怀里,叮嘱道:我的孩子,我走后,你们不要挂牵,相信妈妈会照顾好爸爸的!你们要和平时一样用功,不要把痛苦当借口忘却学习。记住,不管发生了什么事,你们的爸爸和妈妈都不会离你们的。你们的爸爸用他的智慧和勤劳诚实赢得了荣耀,得到了人们的爱和赞扬。他是我们全家人的骄傲。甜甜,你是家里的老大,做事多和弟弟妹妹商量,遇到解决不了的困难就找熊妈妈和猴爸爸。豆豆,你是男子汉,以后就是咱们家的顶梁柱,做事要用心,要好好学习,别闯祸;蜜蜜,你帮姐姐多做点家务。

熊妈妈看山羊妈妈不放心孩子们,就说,山羊妈妈,我会把他们当作自己的孩子照看的,你放心去好了!

猴爸爸、乌龟妈妈都说:山羊妈妈,你放心去看望山羊爸爸吧,我们都会把你的孩子当成自己的孩子的!

猴爸爸看大家的心情都沉闷像心里起了阴霾,他想改变气氛,想把阴霾驱散,让阳光普照大家的心田,就对大家说:对于心灵,音乐是最甜美的安慰,咱们来为山羊妈妈唱支歌,为她送行,好不好?猴爸爸爱好唱歌,大家平时都不叫他猴爸爸,都爱叫他歌唱家。

山羊妈妈看了一眼大伙,她知道猴爸爸的用意,笑了一下,说:好,你唱吧猴爸爸。

甜甜羊蜜蜜羊看妈妈脸上露出了笑容,也快乐起来,就建议猴爸爸:就唱我爸爸最爱听的月亮歌,好吗?

猴爸爸点头说:好,孩子,我就唱你爸爸喜欢听的月亮歌。希望他

能听到我为他唱的歌，快点好起来，回家和我们一起过大年。接着猴爸爸清了一下嗓子，唱道：

　　月亮从云层里钻出来。

　　充满爱心地照耀，

　　他高悬在夜空中，

　　仿佛在轻声细语：

　　勇敢点，我的亲人，

　　我亲爱的朋友，

　　乌云散去会是一片光明。

歌声洪亮，传遍森林，熊妈妈的儿子笨笨熊，猴妈妈的儿子大皮猴、小皮猴，还有慢慢龟都来了。大家一起跟着猴爸爸唱。歌声是爱的力量，尽管山羊妈妈悲痛万分，但歌声使她心里充满战胜困难的勇气，她恨不能立刻动身，赶快到羊爸爸的身边。

这时，门铃又响了，丁零零，丁零零……

胖胖熊的妈妈忙去开门，接着，就听胖胖熊的妈妈惊奇地叫道：哎呀，怎么是你，你怎么回来了？

有一个声音笑着说：我是这个家的主人，我怎么不能回来呢？

这声音太熟悉了！是爸爸！

三个孩子相互看着对方，突然醒悟过来，一起向门口看去：是爸爸。真的是爸爸！

甜甜、蜜蜜、豆豆一齐向门口跑去！

爸爸把他们三个紧紧抱住，逐个亲他们，用他的胡子扎他们。爸爸的胡子好长，亲在脸上痒痒的，太舒服了！

这时猴爸爸叫嚷着扑过来，山羊爸爸和他来了个紧紧拥抱。

之后猴爸爸快活地接过山羊大叔手里的行李，一个大皮箱，和一个旅行包，放到了屋里。

山羊大叔看着门口已经呆傻一样的山羊妈妈，爽朗地笑着，走过去，双手握住山羊妈妈的手，充满深情地说：老婆，谢谢你！你受苦了！

山羊妈妈狠狠地掐了一下自己的胳膊，她哎呀一声。她不知现在是做梦还不是做梦，就问：这是真的吗？站在我面前的是不是孩子们的爸爸？

山羊爸爸说：老婆，是我！是我回来了！

山羊妈妈说：你不是在千里之外的沙漠村医院？你不是病重生命垂危吗？

山羊爸爸上前搂过妻子说：亲爱的，我想念你们，你们是我的保护神，只要有你们在，我怎么会生命垂危呢？！亲爱的，我不会死，我绝不会离开你和孩子，不会离开我十分想念的邻居们的。

可这封信是怎么回事？山羊妈妈手里拿着信，眼里含着泪花问：这是我们今天下午刚刚收到的啊。

山羊爸爸接过信一看，迷惑了，问：你们刚刚收到？怎么会是刚刚收到？这封信我可是四十天前寄出来的啊！你们应该早收到了呀！

四十天前？山羊妈妈赶快重新拿起信，寻找信封上的邮戳。邮戳上记录着发信的日期——的确是四十天前的日期！。

山羊爸爸看着信，想了想然后点了点头，对大家解释：我估计是送信的骆驼，在路上遇到沙尘给耽误了。

骆驼送信？为什么要骆驼送信？豆豆羊问爸爸。

山羊爸爸说：因为那里沙漠化严重，既不能架设通信网络也不能铺设公路和铁路，所以那里的通信方式十分古老。所有邮寄信件都要靠骆驼在沙漠上行走一个星期，之后到省城，再运上火车，如果骆驼遇到沙尘暴，就要停下来，等天气好转才能上路。有时候为了等上好天气，要耽误十几天。

猴爸爸感叹道：照你这么说，一封信邮寄四十天也不奇怪啊！我这次回来还算幸运，没有遇到沙尘暴。坐了六天骆驼，顺利地抵达省城，乘上了火车。

山羊爸爸说：是啊，正常情况下，一封信要经过二十天才能到咱们手上。

山羊妈妈长出一口气，说：孩他爸，无论怎样，你回来了，我们

一家人团聚了！说着山羊妈妈双手合十说：感谢老天保佑你平安归来！感谢老天拯救了咱们一家人啊！山羊妈妈双手合十，做了一个祈祷的样子。

熊妈妈也双手合十，嘴里念道：感谢菩萨，山羊大哥平安回家。太感谢菩萨啊！

山羊爸爸说：谢谢你们！你们才是我的菩萨啊！

羊伯伯，你能给我们讲讲什么叫沙漠化吗？小皮猴抱着山羊伯伯的腿，仰着头问。

是啊，什么是沙漠化啊？甜甜羊、蜜蜜羊、豆豆羊、慢慢龟也都跟着问。

山羊爸爸说：好，孩子们，我给你们讲，好好给你们讲，不但要讲什么是沙漠化，还要讲沙漠是怎么形成的。好吗？

猴爸爸插话说：孩子们，你们看，山羊伯伯这么远地回来，多劳累多辛苦啊，先叫伯伯休息吧，等明天再讲，好吗？咱们都回家吧！

不，猴兄，我是很劳累，可一看到你们，我就不累了！

山羊妈妈从厨房出来，给大家端出一筐水果，和自己家做的新鲜羊奶。

山羊大叔接过山羊妈妈递过来的新鲜羊奶，一仰头，咕噜咕噜喝了一大杯。羊奶的美味迅速滋润山羊爸爸的全身，山羊爸爸感到血液流动加快了，浑身的疲倦消失了，精神焕发了。

山羊爸爸说：孩子们，什么叫沙漠化，我现在告诉你们。我过去只听说沙漠化可怕，如果我不是亲眼见，我做梦也想不到竟可怕到那种地步。我是有生以来第一次目睹沙漠化的恐惧！

孩子们听了面面相觑。

山羊爸爸接着说：真惨啊。由于沙漠化，土地干涸，一滴水都非常珍贵。所经之途，看到我们的弟兄活活渴死、饿死。那天，就在我眼前，突然一头正值壮年的牛，轰然倒下。牛是活活渴死的。它褐色的牛皮看上去如同皱巴巴的旧毛毯，头朝向空中，大大的眼睛圆瞪着，望着晴朗的天空。我无法知道牛最后究竟想看什么。那里的人也和我们动物一样，离开水就困顿万分。我看到沙漠里几个孩子好不容易找到一小摊水，是褐色的泥水，混合着马尿什么的，很污浊。几个小孩子高兴坏了，他们争着往水壶里灌泥汤，不用说当然是为了喝。看到这场景，我心里别提多难受了。

豆豆羊说：好悲惨啊！

山羊爸爸用手抚摸了一下豆豆羊的头说：是啊。那儿是一望无际的沙漠，夏天的气温常年在六十度左右。在灼热的空气中，我们绿洲基金会的工作人员常常有人晕倒。在这滚滚的沙漠里，即使晕倒了，也不可能有遮挡烈日的树荫或屋顶，更不可能有电扇什么的，地面太烫了，晕了也无法躺倒，只能蹲在地上动弹不得。就是那一次，在工作中我晕倒了，发了烧浑身疼痛难忍，有一位绿洲基金会的朋友，他从家里带了温度计，想给我测测烧到多少度，可是他刚拿出来，显示度数的红色液体就喷了出来，因为气温太高，已经超过了体温表的最高温度。那一次，我得的是疟疾。疟疾在咱们这里不算什么病，可在沙漠村却是死亡率最高的病。可能那里的医生以为我无法活了，才给你们发了信。

说着山羊爸爸笑着对老婆说：幸亏晚到了四十天，不然，你要跋涉千里去看望我，这么远的路，不知会发生什么不测啊！山羊爸爸说着握住了山羊妈妈的手。山羊妈妈感觉到丈夫的手好热，好热。

山羊妈妈问：你们绿洲基金会的主要工作，就是帮助沙漠村人植树造林吗？

山羊爸爸点了点头说：对，我们绿洲基金会的任务就是去沙漠村帮助那里的人们植树造林。才半年，我们绿洲基金会的同仁，带领当地的百姓在沙漠上种植了四万亩的槐树苗。

为什么不种杨树，要种槐树苗呢？慢慢龟皱起了眉头问。

因为槐树生长迅速，抗旱。山羊爸爸说。山羊爸爸看着孩子们，目光中闪耀着难以言表的痛，他低下声音说：其实沙漠村原来不是这样。谁能想到，十年前，这里有房子，有绿洲，胡杨树成林，鸟语花香，孩子们在绿丛中玩耍、奔跑。然而如今那里的房子都被沙尘漠埋没，只隐约可见一些屋顶，证明这里确实住过人。

这是怎么回事？甜甜羊和蜜蜜羊异口同声地问。

都是人的贪婪之心造成的。山羊爸爸告诉了大家原因：有一天，沙漠村的人发现了一个天大的秘密。发现他们这里生长的胡杨树很值钱，富人们非常喜欢，能做很高档的家具或根雕艺术品。卖给富人，能赚好多钱。于是，他们拼命砍伐胡杨树木做根雕，砍伐别的树木做家具，几乎家家户户都开木器工厂。没几年，这里的山就成了秃山，地成了光地，他们的家园再也没了绿荫，也听不到鸟叫。因为环境变化，老天也不再下雨了，接着"黑风"就常常光临。

什么是黑风？孩子异口同声地问。

山羊爸爸说：黑风就是"强沙尘暴"俗称"黑风"。黑风一刮，遮天蔽日，伸手不见五指。沙漠就这样慢慢形成的。

羊伯伯，我知道了，你们"绿洲基金会"去沙漠村种树，就是帮他们把沙漠赶走，使沙漠村再变回原来的模样。小皮猴眨着大眼睛说。

是啊，我的孩子，你真聪明，现在沙漠村人已经严重地意识到他们犯下的错误了。靠他们自己和沙漠搏斗，力量太薄弱了、我们去，就是帮助那里的人把沙漠赶走，把秃山便成绿山，把沙地变成绿地。有了绿山，有了绿地，他们就会重新拥有美好家园。

啊，原来树木有这么神奇的功能啊！孩子纷纷议论。

猴爸爸看着孩子们反应这么热烈，高兴地插言道：是啊，孩子们，树木就是这么神奇。大自然的循环就是这样。如果没有树没有草，天空就不下雨；不下雨，就没有水，就刮黑风，就刮沙尘暴。生命就会渴死、饿死，房屋土地就会被沙尘掩埋，土地就会变成寸草不生的沙漠。

山羊爸爸说：猴爸爸说得对。如果有树，天空才落雨。一棵树就是一片下雨的天空。落在树上或草上的雨水渗入大地，变成水蒸气上升天空为云，云又变成雨降下来。总而言之，树木是水、云、雨循环的重要环节，没了树木，这个循环也就不复存在了！

山羊妈妈说：孩子们，知道山羊爸爸为什么给你们讲这些吗？知道山羊爸爸为什么吃那么多的苦，冒着生命危险去沙漠村帮助植树造林吗？

豆豆羊、甜甜羊、蜜蜜羊、慢慢龟、大皮猴、小皮猴都七嘴八舌地抢着说：我知道，我知道，树木是我们的生命树，我们要爱惜树木，其实就是爱护我们自己！

这时，熊爸爸风风火火推门进来了。一见山羊爸爸，熊爸爸就紧紧抱住，高兴得流出泪来。熊爸爸拎着一串"大地红"鞭炮说：知道你平安归来，我特意买来鞭炮，虽然还不到过年，可心情跟过年一样兴奋喜庆，所以先放鞭炮庆贺一下，大家说好吗？

好！好！孩子们叫得最响。

"噼里啪啦"，"噼里啪啦"，山羊家的门口响起了震耳欲聋的鞭炮声。鞭炮响彻了森林，也欢乐了孩子们的笑脸……

山羊阿姨的菜园

谷雨节气到来后，雨水就多了起来。一场春雨一场暖，天气一天比一天暖和。春风兴高采烈地穿过大街小巷，树们都穿上了新衣服。一抬眼，满目皆绿。

有句谚语说："谷雨前后种瓜种豆。"谷雨就是"雨水生百谷"的意思，这时，正是春播的好时机，放眼往田里，到处可以看到农民在田地里忙碌的身影。

山羊阿姨和她的三个孩子：甜甜羊、蜜蜜羊、小黑豆，也忙碌起来了。山羊阿姨在她的花园旁边，一块闲散的土地上开垦了一块菜地，山羊阿姨打算带着她的孩子们在地里种些瓜、豆。

今天是星期天，甜甜、蜜蜜、小黑豆都不去上学。吃完早饭，山羊阿姨就领着她的孩子在田地里开始干活了。

小黑豆把裤腿挽得高高的,手里拿着小铁铲,一会儿学妈妈挖挖地,一会儿停下来,支着耳朵听树上小鸟叫,一会儿伸开双臂学蝴蝶飞;蜜蜜生来不爱说话,手里拎着小水桶,但水桶是空的,因为妈妈还没说要她拎水,她乖乖的样子跟在妈妈身边,等候妈妈吩咐。甜甜爱动脑筋,善于观察和思考,她看妈妈做什么她就做什么,妈妈怎么挖地她挖不动就认真地看,妈妈用铁锨把下面的湿土翻上来,再将大块的土疙瘩打碎,打成粉状,但也不要太细,然后再整平,她就学妈妈的样子把大块土疙瘩用小铲子打碎,把地整平。甜甜问妈妈,为什么要把土整得这么平,像松软的棉被。

妈妈笑了,妈妈的笑容是那么慈爱,妈妈说:因为种子太小了,保持土地的疏松和透气有利于种子顺利发芽生长,

蜜蜜在一边突然问妈妈:妈妈,谷雨前后种瓜种豆,这句话是什么意思?是咒语吗?

山羊阿姨哈哈笑了,说:不是咒语,是谚语。什么谚语啊?蜜蜜问。

山羊阿姨说:谚语就是经过口头传下来的通俗易懂的短句,多数是反映了劳动生活实践经验的。

蜜蜜点点头,表示听懂了妈妈的话。

小黑豆忽然插嘴说:我知道什么是谚语,就是种瓜得瓜,种豆得豆呗。

妈妈高兴地说:对啊,小黑豆说得对。

甜甜羊问小黑豆:你知道这句谚语的意思吗?

小黑豆不高兴地说:你想考我呀,我当然知道。那么我想请问小姐您知道是什么意思吗?

甜甜说:谁想考你了,是你自己疑心。我想,你若是不知道我告诉你。

蜜蜜说:我也知道是什么意思,因为我们昨天上自然课的时候,老师刚给我们讲过。

哈哈,那你说说看,到底是什么意思。小黑豆看着蜜蜜一副得意的

样子。

蜜蜜说：种瓜得瓜，种豆得豆的意思是种什么，收什么。比喻做了什么事，得到什么样的结果。自己付出多少努力，就会收获多少成果。

黑豆说：种瓜得瓜，种豆得豆就是种什么，收什么。比喻做了什么事，得到什么样的结果。你说得不全面，我来补充一下，就是一分耕耘，一分收获。对吗妈妈？

妈妈说：对，对，我的孩子，你们两个说得都很对都很好。自己付出多少努力，就会收获多少成果。在人生路上只要你肯付出你就会有收获。山羊阿姨笑着，擦了一下头上汗水，幸福地看着她的孩子们。

甜甜捧起一捧新鲜的泥土，放在鼻子前闻闻，又给妈妈闻闻，说：妈妈，你闻闻，这土多么清香啊，可好闻了。

蜜蜜，黑豆也学着姐姐的样捧起一捧泥土闻，欢喜地说：是啊妈妈，泥土真的好香啊。蜜蜜把土也捧到山羊阿姨的鼻子前叫妈妈闻。

山羊阿姨说：我闻到了孩子们，闻到了，这味道妈妈太熟悉了。只是你们不常接近土地，所以感到很新鲜。孩子们，你们知道吗？这味道是春天的味道，是生命的味道，常闻这样的味道，你们的身体就会有力，就会强壮。

小黑豆赶快说：妈妈你看我有力吗。小黑豆一撸袖子，露出毛茸茸的黑胳膊。

甜甜拿出姐姐的样子对弟弟爱逗能表示不满说：快干活吧，别耍贫嘴了。

小黑豆很不开心地嘟了一下嘴，也不吭声了。

山羊阿姨把地整好了。然后在整好的地上挖出一个个浅浅的"窝"。这下蜜蜜的小水桶派上用场了。蜜蜜拎着水桶，往每一个"窝"里浇上一瓢水，等水洇到土里后，妈妈就点上菜种子，再用薄薄的土盖住，最后妈妈叫蜜蜜再往窝里浇上一瓢水，这样一窝南瓜或豆角就宣告种植完毕。

甜甜不明白山羊阿姨为什么把挖的坑，叫做"窝"，问：妈妈，为什么说种了一"窝"南瓜，不说种了一坑南瓜？

山羊阿姨说：我们的老祖宗就是这么叫过来的，我想窝是家的意思，每一个窝都是种子的家。有了家，种子就能安心生长了

噢，原来是这样。三个孩子用赞美的目光看着妈妈，心想，妈妈知识真丰富，知道这么多啊。

小黑豆忽然想起什么，问妈妈："妈妈，你种丝瓜吗？"

"种了孩子，妈妈知道你爱吃丝瓜，妈妈更知道你爱看丝瓜开的黄艳艳的花！"

小黑豆调皮地笑了，小黑豆在心里感谢妈妈为他着想。

去年山羊阿姨在院子的墙根下种上三四棵丝瓜。可别小看这几棵丝瓜，到了六七月，它们竟爬满了一墙，巴掌大的叶子，蜜蜜匝匝，把墙壁遮掩得严严实实。每天早晨小黑豆起来，都要闻一闻绿色的叶子中间点缀着的那许许多多金黄色的喇叭花，那么鲜艳，那么有朝气，朵朵都昂着头，精神抖擞，仔细看，还有露珠呢！阳光下，一闪一闪的。花落了，结下的丝瓜一个挨一个。炒，凉拌，小黑豆都爱吃。如果没留意，躲在叶子下的瓜长老了，不要紧，正好明年的丝瓜种有了。

快到晌午了，一畦西葫芦，一垄南瓜，还有茄子、西红柿已经种好了，最后在田埂上山羊阿姨还栽了一行葱。

山羊阿姨说：孩子，看吧，过不了多久，它们就会开花、结果。熟透的西红柿，会害羞地低着头；紫色的茄子，浑身亮晶晶的；大大小小的西葫芦躺在地上，这儿一个那儿……一个热热闹闹的，美丽极了。

妈妈的憧憬使甜甜蜜蜜小黑豆激动地跳起来了。

甜甜忽然安静下来，问妈妈：妈妈，种子白天黑夜都在生长，它们不睡觉吗？

妈妈说：种子不睡觉，春天是种子发芽生长的最好季节，它们要趁着这好的季节快快发芽生长啊！

小黑豆高兴地跳起来了：噢，我知道了，我知道了，一年之计在于春……

豆豆羊救狼

豆豆羊在笨笨熊家玩了一会儿魔方就回家了。出了笨笨熊的家,走了没多远,迎头碰见大头狼。自从上次大头狼"求爱"失败,并表示痛改前非重新做人后,他们一直没见过面,这时难免有点尴尬。

大头狼看豆豆羊面带微笑,很高兴的样子,就问:豆豆羊,你这是从哪里来啊?走这么快?

豆豆羊说:我从笨熊家刚出来,去他家玩魔方呢!我跟笨笨熊学会了一种新玩法,太开心了。

大头狼一听豆豆羊在笨笨熊家玩得很开心,很妒忌,心里很生气,他想,你们在一起玩,哼,豆豆羊,我不能叫你那么高兴。上次我向你姐姐甜甜羊求爱失败,至今还窝着一肚子火呢!这回你遇到了我,真是冤家路窄,我要耍耍你,出出气!大头狼眼珠子骨碌一转,计上心来,他很快就在心里计划好了骗豆豆羊上当的诡计。他在心里偷偷笑了。

于是大头狼装出一副友好的样子,说:豆豆羊,你人缘好,不光笨笨熊喜欢你,我也喜欢你,大家都喜欢和你玩;你心地善良,与大家团结友爱,性格温和,是我们学习的好榜样。

豆豆羊一听大头狼这样夸他,脸就红了,说:大头狼,你过奖了。我可有自知之明,我没你说的那么好,我有不少缺点呢!

大头狼说:豆豆羊,你太谦虚了。又说:豆豆羊,我有个请求,把你当作我最好的朋友,当作我最最好的朋友,你愿意吗?

豆豆羊说:大头狼,你如果真心对别人好,不欺骗别人,不要心眼,我就做你的好朋友。

大头狼假装不好意思,嘿嘿笑着说:豆豆羊,你可不要拿老眼光看我,我上次去你家求爱失败之后,我当时就保证了要做个好人,再也不

欺负人了,我要以诚待人,和大家搞好团结,做对得起大家的事!

那好,你如果那样做了,我们就是好朋友。其实我妈妈说,我们森林里的孩子都应该是好朋友,都是一家人。

大头狼忙说:对对对,你说得对!既然我们是一家人,那我有个请求好吗!

只要你说得好,大头狼,我乐意为你效劳。

其实是一件好事,我想请你,去我姑姑家吃蜂蜜。

去你姑姑家吃蜂蜜?

是的。我姑姑家养了很多蜜蜂,一箱一箱的,满院子都是。我姑姑捎信叫我去她家吃蜂蜜。她家酿的蜜特别甜、特别香,吃一次保准还想着吃下一次。可是这么好吃的蜜我怎么能自己独自吃呢,我一定请我最喜欢的朋友一起品尝才开心。大头狼说:豆豆羊,我请你一同和我前往,好吗,因为我们是好朋友了。

豆豆羊犹豫了。他想赶快回家做家庭作业,不然,晚上又要加班赶做了。于是就说:谢谢你,大头狼,我不能去。

大头狼不开心了,急切地说:我姑姑家住得离咱这里不远,就在前面那个村子,走一会儿就到了。

豆豆羊说:老师布置的作业我还没做呢。我要回家做作业。

大头狼看豆豆不愿去,他眼睛一转,想,我一定要想办法叫豆豆羊去。就显得难过起来,流着眼泪说:你不去,多没意思,再好吃的蜜我也不觉得甜,好东西就要和好朋友一起分享才有味道。你就陪我一起去吧,豆豆羊,你是我最爱的好朋友,不然我会痛苦死的,难道你愿意看到我痛苦吗?

豆豆羊看大头狼的眼泪都流出来了,心就软了,不忍心再拒绝大头狼,就勉为其难地说:那,那好吧,我陪你去你姑姑家。不过要快去快回啊,不能超过一小时。

一听豆豆羊答应陪他去,大头狼破涕为笑,忙说:一定一定,一定保证一会儿就回来。

豆豆羊跟着大头狼走过了一片草地,它发现草地上长满了野蘑菇,有的白色，有的褐色，有的像小伞，有的像屋顶。看着这些好看的蘑菇，豆豆羊想：要这些野蘑菇能吃就好了，我就给妈妈采些带回家。可是这些都不能吃，有毒。豆豆羊遗憾地摇摇头。走过了草地，眼前又出现了一片桃树林，正是初夏时节，气候格外宜人，可桃花刚凋谢了，才刚结出溜溜球一样的青疙瘩，不能吃，只能看。

豆豆羊走到一棵树干粗大的桃树前。这是一棵老桃树，看样子有好几百岁了，就对大头狼说：你看这棵大树的肚子是空的，里面是洞，从下面进去从上面能出来；从上面进去从下面能出来。豆豆觉得这是个意思的地方。就对大头狼说：我们在这多玩一会儿吧，这里还有草的味道，一定很好玩。

大头狼不想叫豆豆在这儿逗留，担心自己的计划落空，想赶快叫豆豆羊离开这里，就故意瞅瞅四周，神秘地说：不行，这里离人住的地方太近了，不安全，我们还是快走吧。为了让豆豆羊相信他的话，接着它讲了让豆豆羊心惊胆战的事：前天，就在这棵树不远的地方，一个猎人拿着猎枪，把一只锦鸡打了。那只锦鸡死得好惨，连挣扎下都没来得及，一头倒地就断气了。

豆豆羊听得心惊肉跳忙问：真的？

大头狼忙点头：真的！我骗你干啥？你要小心，猎枪那种东西，被它打中了，就别想活命了。咱们别在这儿玩了，快走吧！

豆豆羊觉得大头狼说得对，便对大头狼用力点点头。

离开大洞桃树，大头狼领着豆豆羊顺着草丛中的小道朝前方走去。

走过一片草地，大头狼指着前方村子说：豆豆羊，你看，我姑姑家就住那个村口。我向你发誓，我姑姑的蜂蜜绝对又甜又香，叫你大饱口福。大头狼说得一本正经。豆豆羊信了大头狼的话，他们继续往村子里走去。

很快到了狼的姑姑家。果然像狼说的一样，姑姑家养了很多蜜蜂，院子里排满了一排一排的风箱，还有一缸一缸的蜂蜜。蜜蜂都忙着出去采蜜了，看不到蜜蜂围着蜂箱嗡嗡飞舞。

这时大头狼看了看四周说：豆豆羊，对不起，我姑姑正睡午觉，你

看，门都关上了。

豆豆羊说：家里没人，那，那咱们就回家吧，咱们改天再来。

大头狼忙摆手，说：不要不要，咱们爬窗子进去好了，没事的，以前我经常爬来爬去的。我姑姑家没有养狗，不用害怕。大头狼觉得自己说漏了嘴，又说：我姑姑喜欢我爬窗子，她让我爬窗子，她说，爬爬窗子可以锻炼身体。

豆豆羊说：不行不行，这样不礼貌。我不爬，我妈妈常对我说，做事要光明磊落。爬窗子不是光明磊落。

大头狼说：没关系，这是我姑姑家，我姑姑家就是我自己家。

豆豆羊说：我不爬，要爬你自己爬吧。

大头狼狼看豆豆羊不听他的劝说，心想，不能再耽误时间了，一定要按计谋进行。就笑着说：我不能叫你白来一趟。我一定要兑现我的诺言，叫你吃到最好吃的蜜。大头狼不由分说，拉住豆豆羊的胳膊，猛一用劲，把豆豆托上窗台，豆豆羊被大头狼突然的举动弄蒙了，还没站稳，就扑通一声，脚下一滑，掉进搁在窗户下面盛放蜂蜜的大缸里。

缸里盛了半缸黏糊糊的蜂蜜。豆豆羊掉到缸底，差点被呛死，他拼命地让自己站起来。他想试图爬出大缸，可蜜缸又高又滑，一切努力都无济于事。豆豆大声对狼喊：大头狼，快救救我，快救救我。可是一点动静都没有，大头狼狼早跑得无影无踪了。

豆豆羊的救命声，大老远都能听见。

很快的，一个老太太和一个小女孩从门外跑进来。她们看到缸里怪模怪样的东西，吓得呆若木鸡。小女慌慌张张拿来一根木棍，对老太太说：姑姑，快把这个怪物打死，快把他打死。

老太太赶忙接过木棍，战战兢兢说：你到底是什么怪物，快说，不说就打死你！

豆豆羊听小女孩叫老太太姑姑，大声说：姑姑，姑姑别打别打。我是一头小山羊，我的名字叫叫豆豆。

老太太一听豆豆羊叫她姑姑，再仔细往缸里一看，果真是一头小山羊。老太太把木棍递给豆豆，豆豆拽着木棍，爬上缸来。

小黑豆做英雄

　　豆豆把掉进蜜缸的经过讲给老太太和小女孩。老太太和小女孩越听越生气越听越愤怒。老太太说：这个可恶的大头狼，谁是他姑姑？！他是我们的敌人我们的仇人。他常趁我们不在家的时候，爬进窗子来偷蜂蜜吃，我们正想抓他呢。

　　小女孩愤愤地说：若逮着他，非把他生吃了不可。

　　豆豆羊知道自己上了大头狼的当了。

　　老太太给小山羊打来温水，帮着他把身上的蜂蜜洗干净。豆豆羊把湿答答的皮毛抖了抖，恢复了原来的模样。

　　再说大头狼。他把豆豆推下窗子，掉进蜜缸后，撒腿就跑了。他听到豆豆羊叫喊：救救我，快来救救我。那时，大头狼简直快乐死了。他脚下生风，早已跑远了。想到豆豆羊掉进蜜缸里，他心花怒放，想，终于报了上次"求爱失败"的一箭之仇。他一边走一边乐。想象着豆豆羊被老太太和女孩捉到后，怎样挨打，怎样求饶狼狈不堪的样子，竟不禁高兴得笑出声来。

　　狼逢喜事精神爽。大头狼又唱又跳地往家走。走过草地，眼前又出现了刚才路过的那一片桃树林，可桃子才刚长，不能吃，大头狼看着青青的桃子，馋得口水都快下来了。他来到刚才豆豆羊逗留的那棵身上粗大的桃树前停下了脚步。大树的肚子是空的，里面是洞，从下面进去从上面能出来；从上面进去从下面能出来。大头狼觉得挺有意思。就想钻进去玩玩。

　　大头狼真的钻了进去。

　　大头狼刚钻进去头，身子还没来得及从树洞里出来，就听到"汪汪，汪汪"一阵狗叫。接着，一条大花狗跑来，它在大树边停下来，转着圈在树周围找什么。听到狗叫，大头狼一阵惊慌，不祥的预兆袭上心头。就在大头狼担心的时候，一个手持猎枪的猎人也赶着来到离树不远的地方。猎人在自言自语：明明有狼的气味啊？跑哪儿去了你？猎人开始四处搜寻，慢慢地离大树越来越近，最后只差几米远了。

　　狼在树洞里缩成一团，尾巴紧紧贴在背上一动不动，机敏地立着耳朵，听树外面的动静，呼吸却要停止了。

大花狗也跟着主人走到树跟前了。

大花狗突然狂叫了几声，他好像告诉主人，它发现了目标。猎人立刻把放下的枪重新端起来，仿佛看到了什么。

就在这时，豆豆羊弄干净了身上的蜂蜜，从养蜂人家出来，走在回家的路上，正巧看到了猎人和大花狗在寻找目标，又听见猎人自言自语说，这明明有狼的气味啊。豆豆羊立刻猜到是大头狼在树洞里。

看到大头狼身处险境，豆豆羊忘掉了刚才大头狼对他的欺骗。他想，一定要把猎人和花狗引开，要赶快朝家跑，这样比较安全。豆豆马上想好了办法，他对自己说：跑！于是毫不畏惧地从草丛里冲了出去

大花狗看见豆豆的身影，汪——汪——地叫几声，拔腿追了上去。猎人也跟着大花狗跑去……

一路上豆豆羊穿过荆棘，那些尖尖的刺儿在豆豆羊的身上刮出一道道伤痕，大花狗跑得快，眼看豆豆羊被大花狗要追上了，豆豆羊却把大花狗引上了一个陷阱，只听大花狗一声惨叫，跌倒了，原来大花狗踩上了农民捕捉老鼠的铁夹子。大花狗顿时疼痛倒地打滚。大花狗一边打滚，一边看着豆豆羊渐渐远去，大花狗气得嗷嗷乱叫，到嘴的猎物，又跑脱了，大花狗简直要气疯了。可它再也不能追赶豆豆羊了。

豆豆羊不敢多停留，赶快继续往家跑。

就在同时，大头狼已从树洞里逃出，他从另一条小路也往家跑。当豆豆跑到离家不远时，和大头狼撞在了一起。

大头狼一见豆豆羊，立刻惭愧地低下头，说：豆豆羊，对不起，我错了，你真勇敢，谢谢你，救了我的命！你是我的救命恩人！以后我就听你的话，把你当作我最好的朋友，当作我的亲人。以后我再也不做坏事了。

豆豆羊怒视着大头狼。大头狼又说：你是大英雄，我要把你的勇敢告诉笨笨熊，慢慢龟。甜甜羊、蜜蜜羊，叫他们都向你学习！

没想到，豆豆羊脸一沉，一抬脚，猛地踹了大头狼一脚。

大头狼重重地趴泥地里，它抬头，一声不吭地看着豆豆羊。

豆豆羊却昂着头，向家里去了。

豆豆羊挖了个人参王

妈妈,你看,我挖到的这是什么?!豆豆羊手里举着个物件,从外面急匆匆地跑进屋来。

听到呼喊声,豆豆羊的两个姐姐甜甜羊、蜜蜜羊也都从自己的房间跑出来,想看豆豆羊捡的是什么。

山羊妈妈戴着老花镜,正坐在沙发里织毛衣。看着豆豆羊因兴奋涨红的小脸,慈爱的山羊妈妈摘下老花镜,皱着眉从儿子手中接过那个物件。

这东西像一个红萝卜一样粗细,底端长有很多好长的须子。山羊妈妈把这东西放在手里掂掂,好沉,很压手;又搁在鼻子上闻闻,味道很冲,有胡萝卜的味道,但和胡萝卜不一样。山羊妈妈仔细端详一会儿,眼睛一亮,手一哆嗦,自语道:莫非是……山羊妈妈被自己说出的话吓了一跳,她接着问豆豆羊:豆豆,你是从哪儿挖到的?

豆豆羊说:就在咱家后面的森林里面。我当时在抓蚂蚱,一只绿色的大蚂蚱落在一片花瓣上,我扑腾一下,没捂住,蚂蚱飞了。我就追。蚂蚱一下子就飞到森林里去了,我就慢慢地追。追到了这棵七叶草旁,我扑向了这个蚂蚱。蚂蚱让我抓住了,我发现了这棵草。我想,这是不是你给我讲的那个七叶草?我就挖。没想到,我在这个七叶草下就挖出了这个东西。妈妈,看来,你给我讲的那个童话是真的!

山羊妈妈问:你说的是哪个童话啊?

豆豆羊说:就是《人参娃的故事》啊!故事里说的,那个长着七片叶子,能变成会说话小娃娃的人参娃啊!你看,这个多像那个人参娃啊!和你给我讲的一模一样的,你看,也是个人样,也有很多的须子,我寻思着,也许就是你说的那个人参。所以,我就拿来给你看了妈妈。

甜甜羊、蜜蜜羊听弟弟豆豆羊说得那么离奇,就说:人参是什么,

是仙草，不是谁都能得到的！别异想天开了！

虽然两个姐姐这么说，但还是都伸着脖子，看妈妈手中的那个物件。

山羊妈妈对着两个女儿摇了摇头，说：你弟弟不是编故事，他弟弟是真的挖到了一个大宝贝。它真的是人参！虽然这个人参不能变成娃娃那样对我们开口说话，可它真的具有神奇的魔力。

什么，弟弟真挖了个人参？！甜甜羊和蜜蜜羊也大吃一惊。

山羊妈妈点点头说：是的，这就是我们森林里传说的那个千年人参王，吃了它能使人返老还童啊！

真是那个传说中的人参王，吃了它能使人返老还童？！豆豆羊和甜甜蜜蜜都不敢相信自己的耳朵，这怎么可能呢？豆豆羊想，我怎么可能挖到这神奇无比的宝物呢。不是做梦吧？！他使劲掐掐自己的耳朵，疼得他啊哦一声。看来，这不是做梦。

豆豆和甜甜、蜜蜜一起问：妈妈，您怎么知道，这个是人参王？并且它有如此魔力呢？

山羊妈妈把人参拿到孩子们跟前说：孩子们，你看，这棵人参身上写着呢！

豆豆羊忙从妈妈手里拿过人参，把眼睛瞪得乒乓球那么大，仔细地寻找，找了半天，什么也没找到，就迷惑地问妈妈：这哪是字啊，横七竖八乱七八糟的，什么也看不懂啊。

山羊妈妈笑了，抚摸着豆豆羊的头说：孩子，这上面写的是人参文，是森林中最古老的文字。

人参文？什么叫人参文？三个孩子齐声问。

山羊妈妈说：就是天然长在人参身上的文字。

甜甜羊说：妈妈，你开玩笑吧，人参是植物，它怎么会身上长文字啊？！

山羊妈妈说：孩子，其实每种植物身上都长有文字。

蜜蜜羊说：妈妈是在说笑话吧，我怎么没发现啊！

山羊妈妈说：我不是常交代你们，要你们仔细观察吗。打个比方说吧，其实每棵树身上都有文字。当你把树用锯子锯断，你会在树身的截面上发现年轮。通过年轮，你就会知道这棵树已经长了多大岁数了。其实，年轮就是树的文字。

甜甜羊"噢"了一声，明白妈妈话里的意思了。

豆豆羊继续打破砂锅问到底：那，什么是人参文啊？

山羊妈妈说：人参文就是参的颜色和根须的长短多少及人参身上所天然长成的纹理及皱褶的形状。

豆豆羊问：妈妈，你认识人参文吗？

山羊妈妈点点头。

妈妈，你怎么会认识人参文？姐弟三个惊奇地问。

山羊妈妈笑着说：妈妈的爷爷，也就是你们的老外爷爷，就是专门研究人参文的。他是咱们森林里人参文方面的大学者。妈妈会的这些就是跟着你老外爷爷学的。

老外爷爷好厉害啊！三个孩子感叹说。

豆豆羊向妈妈竖起大拇指：妈妈认识人参文，妈妈好厉害！妈妈，你教教我，好吗？

好啊，山羊妈妈说，豆豆这么爱学习，将来准是咱森林里有出息的孩子。

甜甜还有些不明白，继续问：妈妈，人参上的字，是种人参的人写上去的吗？

妈妈笑了说：不是人写上去的。因为这个人参王是野生的，它吸收了天地精华自然生长的。这上面的字完全是天公的神奇，大自然造化所致啊。

大自然太了不起了。蜜蜜着急了，催促妈妈说：妈妈，快告诉我们这人参上写的究竟是啥字啊！

山羊阿姨指着人参念道：我是长了千年的参，我有返老还童的功效，我能让人从头活起。

蜜蜜羊听了把嘴张成了一个螃蟹洞：这么神奇啊！返老还童，从头活起。这是森林里好多人的梦想啊！

豆豆羊听了却忽然流下眼泪，哭着说：妈妈，我可不想返老还童，我还这么小，再返老还童，从头活起，我还得再上幼儿园，再上一年级，我现在都上二年级了，我只想快点长大，然后上大学，学习好多知识，我还想尽快地当个咱森林里科学家呢。豆豆羊说着说着又呜呜哭起来。

山羊妈妈一边给豆豆羊边擦泪，一边说：别哭，孩子，只要你不吃这棵参王，你就不会回到从前，你还是现在那个上二年级的豆豆羊啊！

豆羊听妈妈这么说，恍然大悟：妈妈说得对，只要不吃千年人参王，我就还是我啊！

豆豆羊抬头看着妈妈慈祥的笑脸，心里荡漾起快乐浪花，想：在妈妈身边，感受妈妈的慈爱，好幸福啊，我可不能变回过去！离开亲爱的妈妈，还不得把我想死！我一刻也舍不得离开妈妈！端详着妈妈的脸儿，豆豆羊发觉妈妈脸上的皱纹比以前又粗又深了，鬓角也生了如雪的白发。豆豆伸出手，轻轻从妈妈头上揪下一根白发，黑葡萄样的眼里带着忧伤，说：妈妈，老了会死的，是吗？

山羊妈妈点点头：是的，孩子，这是自然规律，谁都逃避不了。

豆豆拿着人参，举到妈妈面前说：妈妈，我不叫你老，不叫你死，我要你永远陪着我。您把这个人参吃了吧，吃了你就会返老还童，你就能长生不老！

甜甜羊和蜜蜜羊也都跟着说：妈妈，您把这个人参吃了吧，吃了就会返老还童，就能长生不老！你就会永远年轻！

山羊妈妈感受着孩子们最真切最深情地爱，她伸出手臂，把孩子都搂在自己怀中，说：我的孩子，妈妈宁愿老，宁愿老得死去，也不想吃这千年人参，让自己返老还童长生不老。

姐弟三不理解妈妈的话：妈妈，为什么？难道，你不怕死吗？

山羊妈妈说：妈妈虽然怕死，可妈妈更怕从头活起。

为什么啊？三个孩子齐声问。

看着她的三个孩子，山羊妈妈像看着三个可爱的天使，眼里闪着莹莹的泪光，说：因为妈妈心里始终装着，咱们一家人共同走过的记忆，

那些记忆是妈妈最大的财富,她使妈妈成为世界上最幸福的人。

山羊妈妈有点激动,很多往事浮现在眼前:记得妈妈生你甜甜那一年,天特别冷,冷得几乎把骨头都冻裂,那时候咱家日子过得穷,家里就一床小薄被。你爸爸怕我月子里落下病,就去邻居家借蒲草,大头狼家小皮猴家慢慢龟家都借了,借了好多家,才凑够编一个蒲草垫的。你爸爸一夜没睡觉,给我编了崭新的蒲草垫。妈说到这儿,甜甜指着房里挂着一个破蒲草垫问:妈妈,是那个草垫吗?

山羊妈妈点了点头,说:这个草垫好暖和啊,那是我睡过的最暖和的蒲草垫,我一辈子都不会忘。至今想起来,浑身都暖和和的。妈妈接着往下说:有一年过年,你爸爸穿了双没底子的鞋子。我说你去集市上买一双新鞋子过年吧。我瞒着你爸爸,把家里过年的钱,全都给了他。蜜蜜羊,你那时还小,看爸爸去赶集,知道集市上有好吃的,就跟在爸爸屁股后非要闹着去。我叮嘱你爸爸,钱是买鞋的,千万别乱花。你爸爸笑着说好,就把你二姐驮在背上出门了。等你爸爸赶集回来,鞋子没买,却买回来一块又香又甜的大年糕。我当时很生气,指责他不过日子!你爸爸笑着对我说,蜜蜜喜欢吃年糕,甜甜和豆豆也都喜欢。我宁愿穿没底的鞋,过年了也要叫孩子们吃年糕啊,吃了年糕,年年高啊。看你爸爸那一脸灿烂的笑,我的气全消了。第二天是年初一,你们三个围着小桌子,分吃一块年糕,吃得那个香那个甜啊!我和你爸爸,坐在一旁,一直看着你们吃,那感觉真美好真幸福啊。

说到这儿,甜甜蜜蜜和豆豆都低下头去,他们都想起那年吃的那一块又香又甜的年糕。山羊妈妈接着说:你们说,妈妈有那么多美好的回忆;妈妈有你们姐弟三个可爱的宝贝;有你善良老实的爸爸;有咱们幸福的一家;妈妈为什么要返老还童从头再活呢?!

山羊阿姨说到这儿,脸上犹如沐浴着太阳的阳光,散发出明丽光彩。

甜甜诗意地说:妈妈,我懂了,你的白发和皱纹,映照了我们一家的忧伤和幸福,记录着你难忘的心跳。

山羊阿姨用手抚摸着甜甜羊的头说:你说得对,孩子,皱纹和白发

使妈妈的心美满富足。

豆豆羊挠挠他的头说：那，既然这样，这个千年人参就没用了。

山羊阿姨说：是的，孩子，这个千年人参对妈妈没用。每个人的一生都只有一回，如果从头再来，那就是另外一个人了，就不是自己了。所以每个人都要对自己的人生负责，对自己的现在负责，对自己的每时每刻负责。每个人最好都不要从头再来。

豆豆羊说：我懂了妈妈，那咱就把这个人参再重新栽回森林，让它慢慢生长去吧。

好，我的孩子，我们一起去把人参放回森林吧！于是，豆豆羊拿着千年人参，甜甜拎着小水桶，蜜蜜拿着小铁锹跟妈妈一起向森林深处走去……

自卑的小蚂蚁

站在自家的花园里，山羊阿姨看着自己种的百合花，现在全都盛开了，红的，白的，黄的花开得生气勃勃，缤纷绚烂。蝴蝶和蜜蜂也在花丛中翩翩起舞，流连忘返。看着这一幕美景，山羊阿姨的脸上也和花儿一样盛开着绚烂的笑容。

忽然，花丛里中传来轻轻的哭泣声。山羊阿姨不禁愣住了：谁躲在花丛里哭？这声音怎么这么熟悉？山羊阿姨蹲下身，侧耳静听。噢，原来是小蚂蚁在哭。

寻着哭声，山羊阿姨找到小蚂蚁。小蚂蚁两只大眼睛哭得通红通红的。山羊妈妈心疼地问：我的孩子，你怎哭得这么伤心？你能把你的伤心事告诉给阿姨吗？看阿姨能帮助你吗？

小蚂蚁用细细的小手擦着眼泪说：山羊阿姨，谢谢您，您帮不了我，谁也帮不了我。

那你能告诉我，是为什么吗？

山羊阿姨这么一问，小蚂蚁的眼泪又流出来，说：山羊阿姨，我太渺小了，太无能了！

山羊阿姨不理解：你怎么这么说啊？

小蚂蚁说：我的理想是做伟大的英雄，为咱们森林作贡献。可是，我却长得这么渺小，这么微不足道，我太自卑了。昨天狮子大哥从我跟前走，我跟他打招呼，他听到我的声音，找了半天也没看到我，还差点一脚把我踩死，幸亏我躲得快。我太渺小了，我什么也做不成啊，山羊阿姨，我是这个世界上最最无能、最最无用的动物！

山羊阿姨明白了：小蚂蚁是因自己长得小而落泪，就怜爱地说：孩子，你要做英雄，为咱们的森林作贡献，这跟你的身材大小无关啊！

怎么可能会无关呢？小蚂蚁不相信山羊阿姨的话，皱着眉头问：那跟什么有关？

跟一个人的正直有关；跟一个人高尚的品格有关啊！

小蚂蚁又哭了，伤心地说：山羊阿姨，我不正直，我一点都不能正直，您看我总是趴着走路，站不起来，怎么能正直啊？！

山羊阿姨哈哈笑了。她笑小蚂蚁的单纯可爱。山羊妈妈语重心长地说：我的孩子，我可爱的小天使，你看阿姨不是和你走路的姿势一样，也是趴着啊！

小蚂蚁好像没听懂，傻傻地瞅着山羊阿姨慈爱的微笑。

山羊阿姨说：孩子，我说的正直不是腰杆挺得有多直，我说的正直是人品和人格。

小蚂蚁豁然开朗，忙点头。

山羊阿姨说：孩子，还记得去年发生的事吗。

小蚂蚁摇摇头。

山羊阿姨说：阿姨记得呢！那天咱森林里一场瓢泼大雨刚下过，那时道路泥泞湿滑，可你不顾这一切，也不顾道路上的荆棘的刺扎，你一

边在路上跑,一边对着森林大声喊:大家快出来,快从屋里出来!要地震了!

听到你声嘶力竭的喊声,大家都赶快从屋里跑出,都刚跑到大街上,顿时山摇地晃,墙倒屋塌,这是一场6级地震,可正因为你提前地告知,咱们森林里没有一个生命受伤,孩子,这全是你的功劳啊!你对地震的敏锐感觉是我们整个动物王国的成员无可比拟的。就是当今最聪明的人类也不如你啊。你多了不起啊,我的孩子!还有,每次大雨来临之前,你就忙着搬家,一看你搬家,大家就知道天气要出现异常,都会跟你做好天气安全的防御准备,减少了很多的损失,这些,不都是你的功劳吗?!你怎能说自己渺小,没价值呢?你为咱们的森林大家庭做了多大的好事啊!

小蚂蚁还是不开心,低着头说:山羊阿姨,你别安慰我了,那一点点小事不值一提,那算不上功劳,都是我们蚂蚁的本能反应。

山羊阿姨说:孩子,尺有所短,寸有所长,每个人身上有长处,也有短处,不能求全责备自己,你要增添自信心,自信会激发出你的勇气,朝着你的理想前进。

小蚂蚁耷拉着脑袋说:山羊妈妈,您说的道理我懂,可我心里还是对自己没信心。

就在这时,传来狮子沉重的脚步声。山羊阿姨和小蚂蚁回头一看,狮子一手捂着耳朵,一手使劲捶自己的胸脯,正向他们走来。

小蚂蚁立刻迎过去,关心地问道:狮子大哥,你这是去哪儿,你的脸色这么难看,生病了吗?

狮子痛苦地摇摇头。此刻他没有心思回答小蚂蚁,痛苦快要把他吞没了。

山羊阿姨看狮子那么难受,怜惜地说:狮子兄弟,你怎么了,到底哪里不舒服?要我来帮助你吗?

狮子难受得眼泪快要掉下了,摇头说:山羊阿姨,你帮不了我。我快要疼死了,真的快要死了,我的耳朵疼得要爆炸了。

山羊阿姨这才发现狮子一手在捂着耳朵,就问:你的耳朵怎么啦?

小黑豆做英雄

狮子头上冒着豆大汗珠,在原地来来回回转圈子,说:我刚才在树荫下打盹,蚯蚓和蜈蚣两个家伙捉迷藏,蚯蚓以为我的耳朵眼是鞋壳篓,就钻了进去。蜈蚣看蚯蚓钻进去也跟着钻进去。哎哟哎哟,山羊阿姨,疼死我了,他们俩正在我耳朵眼里打架呢!

快叫他们出来啊!小蚂蚁着急地说。

他们也想出来,可他们把进去时的路给忘了,现在不知道怎么出来。

那大声给他们喊话,叫他们顺着声音走出来。小蚂蚁说。

声音再大也没用,他们什么声音也听不见。

山羊阿姨点头说:是啊,蚯蚓和蜈蚣都没长耳朵,怎么能听见声音呢!

哎呀,疼死我了!狮子嗷嗷吼起来。

山羊阿姨的脸色郑重起来,她对小蚂蚁说:要想办法尽快叫他们出来,否则狮子会有生命危险。蜈蚣第一对脚是钩状的,也就是腭牙,钩端有毒腺口,能排出毒汁。如果破损的皮肤沾上蜈蚣泌出的毒液,就会导致中毒,甚至被毒死。

小蚂蚁听山羊妈妈这么一说,吓得浑身发抖。没想到一场游戏,竟会带来这么可怕的后果啊。

小蚂蚁突然灵机一动,计上心来,挺着胸脯说:山羊阿姨,狮子大哥,我有办法把蚯蚓和蜈蚣叫出来!

你有办法?你有什么办法?狮子捂着耳朵,疼得龇牙咧嘴,怀疑地瞅着小蚂蚁。

小蚂蚁说:我的身体小,我钻进你的耳朵,去给他们带路,把他们领出来。

山羊阿姨说:太好了,是个好办法!我相信你准能把这事办好,把他俩顺利带出来。

得到山羊阿姨的鼓励,小蚂蚁信心百倍。

小蚂蚁迅速爬到狮子背上,又爬到狮子耳边时他停住了,小蚂蚁朝山羊阿姨深鞠一躬,说:山羊阿姨,我保证把蚯蚓和蜈蚣带出来。

又对狮子说：狮子大哥，你再忍一会儿，你马上就会不疼了，就安全了。说完转身钻进狮子的耳眼。

山羊阿姨发现小蚂蚁手里还拿一样东西，忙问：小蚂蚁，你手里拿的什么？小蚂蚁不好意思地笑笑说：这是铅笔头，一直装在我的口袋里，这是我的习惯，随时做笔记用的。

狮子问：小蚂蚁，你拿铅笔头干吗，难道要在我的耳朵里写字吗？

小蚂蚁笑着说：狮子大哥，你放心，我不在你的耳朵里写字，是在你的耳朵里做记号。免得我也走迷路，出不来。

小蚂蚁经过了一番曲径通幽的跋涉，终于在狮子耳朵眼里的角落里，在最黑暗的地方，找到蚯蚓和蜈蚣。蚯蚓和蜈蚣正在绝望地争吵。蜈蚣埋怨蚯蚓把他引到绝境，蚯蚓埋怨蜈蚣不该出主意玩捉迷藏，应该玩摔跤和爬树。当他们看到小蚂蚁来营救他们时，惊喜得涕泪交加，连说感谢，感谢。

小蚂蚁顺利地把蚯蚓蜈蚣带出狮子耳朵。真灵，狮子的痛一下子解除了。狮子看看天，好蔚蓝啊！看看天空中飞翔的小鸟，好可爱啊！没有痛苦的生命好美好！狮子弯下身，把小蚂蚁捧在他的大手掌里，深情地看着小蚂蚁，他想亲吻一下小蚂蚁。

山羊阿姨忙制止住了狮子：慢慢慢。

狮子茫然地看着山羊阿姨，山羊阿姨笑着说：狮子啊，你喘气像台风，别一不小心把小蚂蚁吹到天边去了。

山羊阿姨的话，把狮子逗笑了，忙说：阿姨说得有道理。

小蚂蚁、蚯蚓、蜈蚣也都哈哈笑了。笑声在树林里回响，把树上的小喜鹊惊动了，小喜鹊扇动着翅膀，生气地说：别笑了，把我的好梦惊醒了。

喜鹊生气的样子好可爱，惹得大家的笑声更响了……

秦爷的森林

秦爷生于东北边陲大兴安岭山脉的一个叫黑风堡的寨子里。当时的秦爷不叫秦爷，叫秦崽。十岁时就跟着大人们狩猎。踏雪山、钻林子，迎朝霞，送夕阳，他像大人身后的尾巴。大人走到哪，他就随到哪儿。到二十五六岁时，秦崽的狩猎水平，方圆百里已赫赫有名。提起他，人们都把大拇指晃得铁硬。

秦爷打猎有讲究，不打野鸡野兔，不打野猪野鹿，专打狐狸。别人不理解，问秦崽，有这么多的大家伙你不打，咋就专打狐狸呢？秦爷嘿嘿一笑，秦爷说，都说狐狸比人能，我就不信这个邪！当然还有最主要的，那就是狐狸皮值钱。一件上等的好皮子，能卖两块大洋，换一亩地的粮食。抵好几头野猪呢！

秦爷所在的黑风岭，气温低，年平均气温在零下两三摄氏度，最低到零下五十多摄氏度，最适宜狐狸皮毛生长。在这种地方长出的狐狸皮子，是狐皮的上品，是所有皮货商争相抢购的宝贝。

先人说：工欲善其事，必先利其器。要拿好皮子，必有好工具。秦爷的枪很特别，枪管纤细而奇长，这样奇长的枪管在当地很少见。当然，这杆枪秦爷可是花了大价钱的。是秦爷封了十块大洋，找了镇上红炉的黑三专门打制的。

黑三是镇上有名的铁匠，专做打狐子的枪。黑三的要价很高。在做秦爷这杆枪之前黑三就做了一个梦。他梦到，他收入五块大洋给别人做了一杆专打狐子的枪，之后，他的眼就瞎了。他认为这是一个笑话，在这个地方，做一杆枪一块大洋就够了，谁会花五块大洋去打造一杆枪呢。不论怎么样，他心里还是有些说不出来的东西。于是他就故意把做打狐子枪的价钱提到八块大洋，他想，谁会认这么多的钱造一杆枪，傻瓜呢！黑三想，永远没人造，他的眼永远也不会瞎。黑三很为自己的这个做法高兴，但他没高兴两天，秦爷找上门了。秦爷当场捻给了黑三十块大洋。秦爷说，我要造一杆枪！一杆专打狐子的枪！

黑三没想到秦爷就是这样的傻瓜，可说出去的话，泼出去的水，黑三只好就按着先人留下的方法造了一杆枪。就是秦爷一直用着的这杆，秦爷说，这杆枪别说是花了十块大洋，就是花一百块，也值！

只是，自从秦爷打死岭上的第一只"百年红"的那只狐狸时，黑三的眼就瞎了。黑三谁也没怨，只是说这是天意，天意啊！

后来黑三不知怎么就疯了，疯过之后黑三就成了一个巫汉。

就成了这个黑风堡上唯一的神汉子了！

打"炭中黑"那是隆冬最冷的时节。在黑风堡，有好多次猎手都遇到过"炭中黑"，那是一只全身如炭一样的狐子，在雪里奔跑，就像一道黑色的闪电。但从没有人能得到它。据上岁数的人说，"雪里白"和"炭中黑"是狐中精灵，已经有八百岁的年龄。上一辈里有个叫黄爷的猎手，他曾发现过"雪里白"和"炭中黑"的穴窟，为了得到"雪里白"和"炭中黑"的好皮子，于是他就在它的窟穴前下了夹子。之后，他就潜伏在一旁，等着收狐子。那是一个月朗星稀的好日子，周围的一切都是明晃晃的，好像浮在水里一样。到了月挂树梢时，黄爷就听到远方的镇上传来了一阵犬吠声，没多久，他就听到凄厉的鸡叫声由远而近，接着，他看到一道白光在眼前一闪而过，黄爷以为自己花了眼，忙眨了几眨眼，定睛向他下的夹子望去。就见那个白东西来到洞窟前，从嘴里丢下鸡，站起了身子。不仔细看不要紧，一仔细看，黄爷差点吓掉了魂，那个站起来的白东西转过来了脸，黄爷看到的是一个白胡子老头。看样子那浑身白的老头很生气，嘴里骂骂咧咧，说，哪个王八孙子，弄这么些破夹子丢我门前，吓着我的小孩怎么办？！这时从洞里出来一个黑胡子的老头，看样，黑胡子老头比白胡子老头年轻，他说，爷爷，你不要动，我给它丢一边去！说着自己就弯腰去拾起夹子要往一边丢。此时的黄爷看得清清楚楚，他知道，这"雪里白"和"炭中黑"已成精了，黄爷浑身不禁打起战来。黑胡子老头也许听到了声响，就问，谁，哪个王八羔子？接着就拿着夹子向黄爷藏身的地方走去，此时的黄

爷吓得忙摸枪向"炭中黑"开枪,枪响了,就听那嗷的一声惨叫,接着一黑一白两道闪光闪电一样向远处飞去。黄爷再去看自己的夹子,只见夹子上夹着一个黑尾巴尖。黄爷就明白刚才那个"炭中黑"为什么发出惨叫了。

每当黄爷给大家讲这个故事的时候,秦爷总是哼的一声。他认为黄爷这是故意渲染,一只狐狸,怎么就会变成白胡子老头呢,哄人呢!他认为,在这个世界上,只有人是最了不起的,其他的都是为人服务的。一只狐狸,和鸡狗鹅鸭一样,只是一个会喘气的动物,它能,还能能过人?人才是这个世界的主宰!

黄爷每当听到秦爷的那声哼,脸上都会露出不屑的神色。黄爷说,这个世界不要以为只有人才是主宰,其实,人什么都算不上,和猪狗一样,只能算是一个生灵。不要拿人的那点小心思和别的生灵比,说起来,人比别的生灵差远了!

秦爷说,说这话的人把自己看得太不是自己了。在这个大林子里,谁是老大?是人!还能是狗黑子?还能是老虎?还能是狐子?真是笑话!

黄爷看秦崽这么说,知道他这是初生牛犊不畏虎,这是毛嫩着呢,没吃过亏呢!这个林子你知道有多大?这里面的东西你知道有多少,这池子水你知道有多深?黄爷没有反驳秦爷。他觉得秦爷是毛蛋孩子,觉得自己打过几个大家伙,打过几个小狐子就以为自己猎神了,你差远着呢!黄爷就不再说打狐子的事,而是话头一转说起了伐木的事。黄爷说去林子里讨生活,一定要尊重林子里的规矩,林子老了,什么邪乎的事都有。知道伐树的把树锯了,为什么喊"顺山倒了",这是林子的规矩。是告诉树神,不要长了,你该歇息了。该顺着山躺下来了。以前有个愣头青,伐树的时候就是不喊"顺山倒了",结果树锯完了,树就是不倒,他以为上前一推就倒了,还没移动脚,树就向他砸过来,他连躲再躲没躲开,结果把两条腿砸断了。林子里的树都是上了岁数的,最小的也有几百岁了,大的都有一千多岁了。我们这点年龄在它跟前那是露水一样的。从前我的一个爷爷,去林子伐树,那是一棵两个人才能抱得

住的大柏树。他们锯着锯着，就见这个树从里面往外流红血。后来树倒了，你说树里面流血的是什么？大家就问是什么？黄爷说，原来里面有条碗口一样粗的大蟒蛇。说到这儿，黄爷叹了一声，林子老了，什么东西都有的。不要以为我们对林子是熟悉的，其实我们不如一个野猪对林子熟！

　　黄爷说的这个事秦爷也耳闻过。不就是伐树的时候树里面有条老蟒蛇吗？这有什么大不了的？黄爷说他对这个林子不了解，不熟悉，他认为黄爷这是故意给这个林子增加着神秘。可秦爷认为，世上的东西，一环扣一环。其实，人是所有动物的爷。

　　打狐子，不光有胆量，但最主要的，是要有好工具。要打"雪里白"、"炭中黑"下套子肯定是不行的了。从古至今，想捉"雪里白""炭中黑"的人不知有多少，也就是说，"雪里白""炭中黑"这两个东西是见过大世面的，什么样的套子没见过？秦爷知道，要想打到它们，关键还是要有一杆好猎枪。于是，他用十块大洋打造了这杆猎枪。枪是好枪，枪管细长，是平常猎枪的两倍，当然也就打得远、准、狠。

　　俗话说，狡猾的狐狸。可狐狸再狡猾，只要进了秦爷的眼睛，那就是插翅难飞。秦爷说，狐狸身子出奇的灵巧，一闪就消失了。所以打狐狸不能全凭运气，一定要有好枪法，那就是要手疾眼快，百步穿杨。在大兴安岭，有许多狩狐狸为生的猎人，唯独秦爷是狩狐的风头人物。因为秦爷练了一门谁也比不了的绝艺，那就是"对耳穿"。也就是说，子弹从左耳孔进，从右耳孔出；或从右耳孔进从左耳孔出。在黑风寨方圆百里，枪法如此了的也只有秦爷了。所以秦爷只要入了林子，只要他看见的东西，没有跑得了的。当然也有很多的例外，那就是秦爷有三个不打，一是仔兽不打，二是母兽不打，三是怀崽或奶崽的母兽不打。很多的猎手都说秦爷是穷讲究，秦爷却说，人做事不能绝。人做绝了，林子也就绝了。我们是指林子吃饭的人，我们的不做绝，实际上是为我们自己着想呢！

　　有一次秦爷进林子，那是春天，秦爷给一个皮货商老贾说好了，也

拿了人家的定钱。说好是给人家几张狐子皮的。可那几天，秦爷在林子里遇到的猎物不少，不是仔兽，就是正流着奶水的和已经怀胎的母兽，那一次，秦爷两手空空地从林子里出来了。相反的，秦爷却没有垂头丧气，而是满脸的喜气。同行问是怎么回事，他说，林子的兽脉旺着呢！今年冬天，我们都会有好收成！秦爷说得真准，那年的冬天，寨子里的猎户打的东西比哪一年都多。

秦爷给老贾还定钱的时候，老贾说什么不收，说我知道你为什么没有打到东西，那是因为你的心善良。秦爷听老贾说出善良这两个字，他的心一震。他一个猎手，心怎么还会善良呢？我可是残酷，和善良不搭边的啊！老贾看他皱眉的样子，笑着说，像你这么好的枪法，进林子小半月，却没有打来一张皮子，你笨脑子想想，不是善良是什么？

秦爷说你说得对，我这次遇到的都是怀着崽的母兽和仔兽。

老贾说和我想的差不多。你和别的猎户不一样。说着老贾把钱又放到秦爷的手里说，这个钱你收着，就算我下次收你货的定金！

寒冬行将结束的时候。秦爷又走进了辽阔静寂的山林，呼吸着深林里的清新空气，身心陶醉在狩猎的快乐中。今天的收获不少，秦爷打了一只狐子，两个野兔，两个山鸡。秦爷正兴冲冲地往家赶，这时，一声"救命"的喊叫声，箭一样炙疼了秦爷的后背。秦爷猛地定下脚步，目光搜寻着"喊叫声"。不好，不远处两个强人正要对一个女子施暴。秦爷气从胆边生，说时迟，那时快，抠动猎枪扳机，"砰"地一枪，正好射中一个强人的耳朵，两个强人惊慌失措，捂着哗哗流血的耳朵，仓皇地逃跑了。

姑娘是皮货商的女儿杏儿。原来皮货商老贾收了两担上好的皮货，和杏儿一起准备到市场出手。谁知在这荒郊野外撞上了强人。老贾两担子皮货，被强人抢劫一空。老贾追着强人与其拼命，却被强人拳打脚踢，又用猎枪托连击头部，活活打死。父亲死了，杏儿发疯一样上来和强盗拼命。羊羔哪是禽兽的对手，两个强盗狞笑着，一起朝姑娘扑来。也就在这千钧一发时刻，秦爷听到了喊叫声。

杏儿二八年龄，苹果脸，樱桃一样的红嘴唇，梳一根齐腰长的黑辫

子。秦爷看着姑娘，很是怜惜，轻声说：姑娘家住哪里？放心，我要把你护送回家，把你亲手交给你的亲人。姑娘泪流如雨下，泣不成声，说：娘死得早，从小跟着爹长大，爹就是她的家。

秦爷帮着杏儿葬了她爹。杏儿后来跟着秦爷回了家，后来杏儿就跟秦爷拜了堂。

秦爷意外地捡了一个俊俏贤惠的老婆。秦爷觉得自己像走进了戏里。秦爷有了可心可意的家，心里开了花，天天过得幸福又温暖。秦爷把卖狐狸皮攒下的钱，置了房子，置了地，只几年光景，秦爷一口气生了仨儿子。日子过得人财两旺，有滋有味。当然了，日子的美好是有一样东西支撑的，那就是钱。秦爷的钱还是从猎物上来。秦爷有这么好的"对耳穿"的绝技，自然，钱是不在话下了。但也有一点，那就是在这些年里，死在秦爷猎枪下的猎物也不计其数了。

可作为一个猎手，秦爷每天都要去林子里转转。一天不去林子，他心里就惶惶的，难受得很。有时他感觉，他就是这个林子里的一株树一棵草；有时他又感觉他是林子里的一个小兔或小鸟；有时他还感觉他就是林子里的一阵风或一滴露。反正，他是虚脱得很。他不知这是怎么了。有时他想，难道是我打的生灵太多的缘故？转而他又笑了，他想，我一个猎户，我是靠林子生活的，就好比一个农民靠土地吃饭，他们收获的小麦大豆高粱就似我猎到狐狸狗熊和野猪，这些都是老天爷分配好的啊！

是个猎人就得打个让所有的猎人们跷大拇指的物件。说起来，在黑风堡，能让众猎手们佩服的就是把"雪里白"和"炭中黑"打到手。几百年来，大家都是光听说，没有一个猎得到。

所以秦爷一定要打到"雪里白"或"炭中黑"。猎到它们不为什么，就为了他是一个合格的猎人。所以秦爷在隆冬时节的夜晚扛着他的那杆猎枪走进了林子。这个时候，林子里下了一场雪。那是前两天下的。秦爷踩着齐膝的雪进了林子里。秦爷知道，打"雪里白"和"炭中黑"一定要在这个时候打，不然，是打不到的。因为只有在这个时候，"雪里白"和"炭中黑"才会出来觅食，大雪下了三天了，它们三天不

吃东西会受不了的。这个时候恰是时机。这也是秦爷为什么天天到林子转转的缘故。

"炭中黑"行如闪电，喜欢在夜晚出动。秦爷早早地来到他挖好的窝子里，因为很多次，他看到"雪里白"都从这儿走过。他把枪装好药，就在窝子里等着了。夜越来越深了，风越来越寒了。对于寒冷，秦爷早有准备，他把那个黑色的皮子穿身上了，他身上就觉得暖烘烘的。夜越来越静谧，风越来越有劲道。可此时，秦爷把两个眼睛瞪得圆圆的，他和他的枪口都在聚精会神地盯着前面的路。

就在这时，不远处传来了鸡翅的扑打声。此时虽然有风，可对于经常在林子里讨生活的秦爷来说，这声音太清晰了。此时秦爷的眼瞪得更圆了。他和枪口死死地盯着发出声响的地方。

近了，近了，真的是一个通体漆黑的狐子。秦爷心里一阵窃喜。秦爷仔细地看，是"炭中黑"。只是，现在的"炭中黑"走得比平时慢，因为现在的地上有着齐膝的雪，在行方面，狐子就不如以前那么从容那么如闪电了。这也就是秦爷为什么等这样的时机来猎它们的原因啊。因为在不下雪的时候，路是硬的，所以狐子灵活行动得比枪快。可此时，"炭中黑"走得就有些吃力，再加上它口中还没有咬死的鸡的挣扎，就有些趔趔趄趄，有点重心不稳。"炭中黑"看样是有些老了，有些力不从心的样子。慢慢地，"炭中黑"一步一步进入了秦爷的射击范围。等到近得不能再近的时候，秦爷手中的枪已经响了，就见"炭中黑"一头栽在那儿。当秦爷走到"炭中黑"跟前时，他看到它还在睁着眼。秦爷用眼对着"炭中黑"点了两下头，"炭中黑"对着秦爷的目光，慢慢地闭上了眼。当秦爷提起狐子时，他猛然惊呆了，这个狐子的尾巴去了一半！他猛然明白，黄爷所讲的故事，看来，黄爷讲的故事是真的啊！

当秦爷提着"炭中黑"回到黑风堡时，那时天已经大亮了。秦爷提着"炭中黑"来到了他常去喝酒的小酒馆，小酒馆里热气腾腾。黄爷在。黄爷每天起来的第一件事，就是来这个小酒店里喝上三两酒。秦爷提着"炭中黑"进酒店时，一下子把满屋子照亮了。所有在酒店里人的眼光都盯在了"炭中黑"。秦爷把"炭中黑"往柜台上一丢，说，给我

来二两!

黄爷过来了,黄爷用手翻看了一下"炭中黑",他特别注意看尾部。看着看着,他从怀里掏出一段已经发污的尾巴,放到了"炭中黑"的尾部比量,之后黄爷说,是"炭中黑"。是"炭中黑"!小子,你终于把"炭中黑"打着了!你是好样的!……

这个时候,酒店外面传来了神汉黑三的声音,神汉说,我的身子咋是这么地疼呢!秦崽子,你害死我了呢!

秦崽子是秦爷的小名。黑三的喊声尖厉而响亮,像一只鸟一样在小酒馆的上空飞翔。所有的人都把头转向门口。黑三的声音由远及近,冲进了酒馆。人们就觉身上一寒,仿佛是一阵裹着刀子的寒风。

酒馆里的人都不禁打了个冷战。秦爷也觉得身上一寒,他不禁又看了一眼"炭中黑"。"炭中黑"躺在柜台上。只有那夜一样黑的毛被门口的进来的黑三带来的风吹得一阵飞舞。黑三两眼直着。黑三两手指着秦爷。黑三嘴里吐着白沫。黑三说:我,我什么地方得罪你,你打死了我?!

秦爷说,我是猎人。你活着就是让我打的。我不打你我怎么叫猎人呢!

黑三说,你哪也不能打我,因为,我在这个林子的主宰!

秦爷哈哈笑了,秦爷说,你不是。我的枪才是!

黑三哈哈地笑了,黑三说,是我自己把自己打死的啊!是我自己把自己打死的啊……望着忽哭忽笑的黑三,大家都说:黑三疯了啊。黑三疯了啊……

这件事后,秦爷心里也有了波澜,他一度有过封枪不再进林子的念头。那一段时间,他有三个多月没摸枪,没往林子里去。很多猎手就说,我们就是指着林子吃的,有什么办法呢?我们就好比山上的山民,河里的渔民。因为石头砸伤过脚,因为大风打翻过船,山民就不再打石头卖了,渔民就不再打鱼卖了?我们生在这里,这是命,知道吗?我们就是指着林子里的这些东西吃的!

猎手们的话很有道理。秦爷想了想。大道理在那里摆着,这是千真万确。渔民就指水吃的，山民是吃石头的，我们猎手不指猎物指什么？我们打狐子，打黑子，实际上，我们是在干着我们分内的事。这么一想，秦爷就心里的疙瘩解了。再说了，几张嘴等着吃东西呢，人情世事的份子钱等着拿呢。他是一个猎手，丢了枪，他什么都不是了。他想，等到能吃饱肚子的那一天，他说什么也得把枪封了！

只是，从这之后，他对自己进林子打猎"仔不打、母不打、哺不打"上又加了"精不打"，也就是说：一个林子里只要老成精了的物件他不打。他觉得，那都是精灵，要是打了，会遭报应的。二三十年来，他一直尊奉着自己的"四不打"，说起来也相安无事，只是，他却老了，由原来的"秦爷"却变成了真正的秦爷了！

这是秦爷五十六岁的那年冬天，那一天的冬天非常寒冷，秦爷感觉，已经有很多年没有这么冷了。并且，这一年的冬天，雪还特别多。秦爷知道，这样的时候，最是打猎的好时候。秦爷没听家人的劝告，扛着他的那杆长枪，进林子了！

一进林子，秦爷才发现，一个林子就好像童话世界，地上是厚到膝盖的雪，树上都是晶莹剔透的树挂。秦爷从没见过这么美的林子，他发现，他像是走进了一个梦里，一个他童年的梦。

秦爷就扛着他的枪，到处看着，走着走着，他发现，这个林子好像另一个林子，好像他从没到过的地方，很陌生。他心里一惊，暗叫了一声不好，因为他知道，他迷路了。

对于一个猎手来说，在林子里迷路这不是一个好事情。以前这个林子里有很多的陷阱和危险，如果迷路了，那就说明原先知道的陷阱和危险他都记不清在哪摆着了。对一个猎手来说，这是一个很可怕的事。秦爷就有些后悔他出门的时候老婆拉着他手的情景。老婆是不愿让他在这么大的雪天出门。可他执意要去，老婆只好放了他的手。他清楚，世上的一切都是命。他今天在林子里迷路，也是命。

他在林子里打死了这么多的生灵，林子要他给生灵们一个说法，这是一报还一报，很正常的。

林子里仿佛静止的童话世界一样。秦爷就在林子里走啊走。不知走

了多久,秦爷反正知道,天黑了三次了。秦爷饿了吃一口自己带的干粮,渴了就吃几口雪。带的干粮三顿就吃完了,再饿的时候,秦爷就吃几口雪。秦爷反正知道现在天是第六次黑了。又累又饿的秦爷走着走着,他就听得扑通一声,他暗叫了一声不好,之后,他就昏了过去——

这是哪里啊,这里怎么这么多狐子?秦爷发现自己躺在一个台子上,四周有好几百只狐子。中间坐着一个像雪一样白的狐子,是"雪里白"。那些个狐子再跟"雪里白"争论,说要吃了秦爷,"雪里白"不让。"雪里白"说:这是一个真正的猎手。他和我捉迷藏捉了一辈子了,当然他一辈子没有捉到我。作为对手,我很佩服他。佩服他的原因就是他的"四不打",孩子们,如果要是换了别的猎人,我们这个林子里的狐类早就绝迹了!可正因为有秦爷在,他不打我们的孩子,不打我们母亲,不打我们的姐妹,我们狐类才能这个林子里生息繁衍,越来越多。如今,在这个林子里,相比野猪、兔子、山羊和鹿,我们的数量是最多的。另一个年轻的狐子说:他打死了我们的祖爷"炭中黑"。他应该为"炭中黑"抵命!"雪里白"说:孩子,你听说过有渔民为鱼抵命的吗?他是猎人,他就应该来打我们啊!这是我们的宿命啊。狐子们都不说话了,只是问怎么办?"雪里白"说:这样吧,咱们先把他救活再说吧,然后它让狐子都躺在秦爷身边,并让一个正在哺乳的狐子把乳汁喂给他喝……

秦爷醒过来时,发现自己躺在软绒绒的狐皮上。那么暖和,那么柔软,睁开眼一看,他发现自己是躺在一个有两米半深的陷阱里,所幸运的是陷阱底下平坦,没有刺枪什么的,这是专门捉野猪和黑熊的陷阱。秦爷身边身下都是狐子。他是躺在狐子堆上。秦爷知道,是狐子救了他。这么冷的天,要是没有狐子暖着他,他早就冻成冰棍了。秦爷感觉嘴上有奶香,一摸嘴,是乳汁……这时,"雪里白"走了过来,看到秦爷醒了,然后用爪子指了指前方,秦爷看见,前方,有好多狐子正在挖洞……

秦爷从狐子挖好的洞里走出来时,那是一个旭日刚刚东升的早晨。树上的树挂没有了,林子又恢复了原来的景象。秦爷仿佛从梦境

一下子回到了现实，可看着脚下的陷阱，他清楚，这不是梦境，一切都是真的！

之后，回到家里的秦爷做了一件让整个黑风堡都意想不到的事：他把他的家伙——那个花了十块大洋打造的长杆猎枪一下子捣进了黑三的铁匠炉里……

看着渐渐在炉中已弯成问号的猎枪，巫汉黑三脸上露出了令人不可捉摸的笑容；而秦爷的脸上，却流下了两行热热的泪……

第三辑

女儿的心愿

玩　　笑

　　教授正在家准备第二天的讲课稿。教授在一所大学任教，主讲犯罪心理学。

　　教授面前堆着一堆书，他工作时非常专注，最不喜欢有人来打扰。可偏偏在这时，教授刚开始备课，门被敲响了：啪，啪，啪。很有节奏，也很有礼貌。

　　教授很不高兴，把脸扭向门问：哪位？有何贵干？

　　是我，给您送净水器的。

　　是一个女孩的声音。女孩的声音脆生生的，让人想起春天窗外小鸟的歌唱。

　　教授没听懂女孩的话，问：什么净水器？我家没买净水器。你送错门了。

　　女孩柔声说：没送错。就是你家。

　　教授站起身，走进厨房。净水器挂在墙上好好的。就对着门口不耐烦地说：我家有净水器，正用得好好的。你快点该送哪儿送哪儿吧！

　　女孩说：就是给你家的。正因你家有净水器，所以我才给你送的。

　　教授越听越糊涂，火气一下上来了，他想撵女孩快走，别打搅他。

　　门开的瞬间，教授不觉眼前一亮：女孩长得白白净净，瓜子脸，大眼睛，眼睛黑葡萄一样水汪汪的。一看女孩这么好看，教授的火气不觉间消了一多半。

教授犹豫了,是关门叫女孩走?还是叫她进门?一时下不了决定。看到女孩的紧张,教授心里一软,说:你进来吧,说清楚到底你是干什么的?为什么无缘无故地要送我净水器?

女孩听到叫她进屋,脸色顿时轻松许多,说:谢谢。

女孩拖着一个箱子进了屋,看看沙发,没有坐,仍然站在教授面前,微笑着说:我是推销员,但是我们公司只送产品不卖产品。这净水器就是我们公司无偿赠送的,一分钱都不要。

教师乐了。乐得白牙很好看。想,我现在虽然教犯罪心理学,可我以前是教营销的。我教了半辈子营销学,这种经营模式还是头一回遇到。教授显示出了兴趣,两眼睁得大大的,又问一遍女孩:白给?一分钱不收?

女孩点点头:是的,白给,一分钱不收。

教授皱起眉头:莫非,你这产品是新牌子,在试验过程中?

女孩忙摇头:不是不是,你看这牌子,女孩指着商标给教授看:国际名牌,家喻户晓。

教授又问:你们老板是慈善家?

女孩又摇头:不是慈善家,就是专营这牌子的代理商。

教授哈哈一笑:那,我今天真是吃到天上掉下来的馅饼了。

是的先生,你真的是吃到天上掉下来的馅饼了。这馅饼正巧掉在您嘴里了。女孩慢声细语,教授听得面带微笑。

女孩看教授心情好,就说:不过,我们送净水器也不是没有任何条件。

教授的笑容顿时消失了,说:开始讲条件了不是,我说不能白送吗?

女孩说:你别急,不给你要钱的。你耐心点,听我把话说完。第一个条件是,要送家里已经安装净水器的客户。就像你家,正在使用着。而且使用的牌子是别的厂家的,和我们这个牌子一样的也不送。你家最符合我们这第一个条件。

教授听得丈二和尚摸不着头脑。

女孩看教授一脸茫然,说:我很忙,先生,还有很多客户等我服务呢，我现在就把赠送的净水器给安上，好吗？

教授猛然想起自己也要备课，就说：好，你安吧。

女孩说：等我安装好了，我要把你旧净水器带走。

教授问：什么，你要把旧的带走？

是的，先生，这是我们赠送净水器的第二个条件，你愿意吗？

教授想了想，看了看换下的净水器，已经用了四年了，也该淘汰了。反正旧的留着也没用，说：拿走就拿走吧。

女孩看教授同意了，说：实话给您说先生，这旧东西，不单对您没用，就是对我们公司也没用，卖废品，人家废品站都不愿要！它确实不值钱。带着还累人，你看，这脏兮兮的能有什么用？

教授故意说：既然不值钱，你就别拿了，我把它扔垃圾箱里去。

女孩害怕教授真拿出去扔掉，忙说：别扔别扔，虽不值钱，可对我们推销员来说非常重要。经理告诉我们，不见旧的，就不算我们的业绩。拿回去一个旧的，才能增加一份业绩，我才能多得一份提成。

教授笑了，笑得很有意味。

女孩一边往墙上挂净水器，一边转头看教授，眼神好奇怪，好像在大师脸上找什么东西。

不一会儿，女孩就把净水器安装好了。净水器的安装极其简单，只在墙上钉两个钢钉，把净水器的盒子挂在墙上，然后把净水器的水管连接在自来水管上，甘甜的饮用水就从另一个水管里，哗哗流出了。

换上新净水器后，教授试了一下，不愧是名牌，的确是好。水出得快还干净。女孩先用纸杯接了一杯净化水喝了。然后指着地上换下来的旧净水器，问教授：先生，有旧报纸吗？我把它包上，太脏了。

教授说：我家什么没有，就是旧报纸多。边说边去阳台拿来一叠旧报纸。

就在大师去阳台拿旧报纸的空儿，女孩以迅雷不及掩耳之势，把教授博古架上的一枚印章装到了口袋里……

那是一枚价值不菲的印章，女孩拿到古玩市场，一懂行的人说，是齐白石的作品，当之无愧的珍宝。

半年后,大师才想起他的印章,却怎么也找不到了。大师郁闷坏了:怎么会不见了呢?难道插翅膀飞了?直到今天,大师还没找到答案。

中　　药

早上一上班,税务稽查所仝所长抓起电话,就给祥和食品公司女老板打电话:你马上到我办公室来,我等你。

什么事大所长,这么急的口气,听着怪吓人的。听口气,女老板和所长挺熟。

仝所长说:装什么糊涂,快来。接着又补充一句:别忘了把你去西藏开商贸会买的东西给我带来。

当然不会忘。女老板接着问:你找我,是不是公司营业税的事。

所长说:没错,昨天稽查人员发现你公司有偷税嫌疑。晚上我加了个班,把你公司账目核实一遍,果然有问题,我算了一下,税和罚共计五万元正。

女老板一下脸就长了:好,我这就去你那里。

不大会儿,女老板开着白色宝马来了。当她从车上走出时,一缕风把她的黑发吹起来,贴在她白皙的脸上,她轻轻拢了一下,朝所长办公室走去。

当女老板经过出纳员包兰兰办公室窗口的时候,包兰兰顿觉眼睛一亮,心说:哪来的这么漂亮的女人?怎么这么面熟?好像在哪里见过?她是找谁的?包兰兰盯着女老板的后影走向仝所长办公室。包兰兰眼睛越睁越大,那是因为女老板手里提着一个白色包。包鼓鼓的,看样子里面装满了"东西"。

女老板走到仝所长门口,敲了几下门,之后门开了,女老板进了屋,门就关上了。

包兰兰平日里就喜欢打听事,所里的人明着喊她包兰兰,背地里都叫她包打听。

包兰兰纳闷,纳闷女老板包里到底装了什么东西,鼓鼓的,满满的,不管包里是什么,她断定:准是给所长送的礼。

一想到仝所长收礼,包兰兰嘴撇了撇:一开会就告诫我们不准收客户的礼物,不能拿党给的权力做交易。这会儿我看你收不收。如果没猜错,这女的就是那食品公司的老板,来给自己说情的,送了礼,该罚五万的就变成两万,两万就变成免除罚款。谁倒霉,还不是公家,公家倒霉呗。包兰兰想着想着不禁笑了,她笑女老板太笨,哪有这样送礼的,送金送银,送那些好藏好掖的不行,非这么招摇?

女老板和仝所长到底是什么关系,如果是初次交往,女老板不了解所长秉性,不会贸然给所长送礼;如果是老相识,那他们又是什么样的关系?好到什么程度?包兰兰纳闷死了。她坐立不安。包兰兰站起身,装作去洗手间,从仝所长门前过,企望能听到一言半语。

走到仝所长门前,包兰兰停住了脚。所长和女老板的谈话,如缕缕炊烟从敞开的窗子飞出。清清楚楚飘进包兰兰的耳朵。所长对女老板说:你尽快把税款和罚款一起交上来,一分也不能少,不要超过限期缴纳,不然拖延一天对你就是一天的损失。

女老板说:钱收得再多,也都是国家的,能到你腰包一分吗?少交点对我有好处,对你,难道就跟你无关吗?

所长说:我也不想收,更不想多收。我知道你辛苦,你不容易,我可是一名税务官,我要是不依法收税,我能对得起国家吗?能对得起我头上的国徽吗?

女老板说:别给我唱高调,我只知道,百姓过好了,国家才能好,百姓手里有钱,国家才能叫富裕。

你这话没错,可你不能挣钱了就忘了对国家的责任啊。你这是依法纳税,国家收的是该收的,不会问你多要一分。依法交税,这是你作为

公民的义务啊。

什么义务？我富了有钱了难道你没跟我沾光吗？我没借给你首付买房吗？你只知道国家需要钱，难道不知道小家没钱的难。

所长沉思了一会儿说：小家是家，大家也是家，小家要过日子，大家也要过日子啊；小家要买房要养老要上学，这大家就容易吗。国家就是一个大家庭啊，这个家里有军队，有科技，要做发展，要规划，也要养老人，要对贫困地区弱势群体帮助，要进行基础设施建设等，这些都需要钱啊，这些钱怎么来，就是靠国家税收，靠我们公民自觉纳税。

女老板皱了下眉头，说：我不跟你在这里磨牙了。我的时间宝贵。你说理我都懂，可我还是请你给我减去三万元，最多缴两万。这是我第一次求你，也是最后一次，行吗？女老板的脸上显出无奈。

不行，别说三万，一分都不能少。罚和税加起来五万正，我再一次郑重声明，务必在限期内全额交上来，否则后果自负！

女老板脸一红，瞪大眼睛说：这事我不求你，行吧？我求你们局长去！局长可比你官大吧，可比你有权吧，可比你说话算数吧！不过，我也告诉你，局长如果同意给我减税，你别给我从中作梗使坏！

仝所长说：虽然我没他官大权大，工作上我得服从他，可在这件事上，他准听我的。

女老板扭头就走，不想再和所长理论下去。

走到门口，她好像想起了什么事，回过头指着包说：你问我要的东西，我给你拿来了，一样不少，单子在包里，你照单对照一下吧。有空，我去你家里看嫂子。说完扬长而去。

兰兰听到女老板要离开，吓得连忙离开所长门口，装着没事人似的往自己办公室走。

就在兰兰迅速离开仝所长门口的时候，仝所长看到了兰兰躲躲藏藏的影子。他笑了笑。笑得意味深长。

中午快下班的时候，包兰兰办公桌上的电话响了，是仝所长打来的。仝所长说：兰兰，请你到我办公室来一趟。

兰兰来了。心慌慌像偷了人似的。她想：局长没看见我，一点也没看见我,怎么会知道我在门口偷听呢!不会知道的,是我做贼心虚吧。包兰兰小心翼翼地推所长门,问:所长,您找我?

所长客气让座:你坐兰兰。

兰兰脸上笑了笑,笑得很难看。

所长说:我有事需要你帮我的忙。

兰兰笑得整张脸硬硬的,她觉得所长有意说话给她听。

所长指着女老板送来的包说:兰兰你帮我打开包裹,对照单子数数错没错。如果没错,就拿到你老父亲的药店,叫你老父亲帮我煮好装包,加工费我加倍照付。

兰兰的父亲是老中医。还开着一家中药铺。

所长看兰兰好像没听明白他话,解释说,这几服药是偏方,专治我老婆的窒息性过敏症。这是我妹妹去西藏开商贸会,专门给她嫂子从西藏买来的藏药。

兰兰忽然然想起什么问:刚才那个女老板是你妹妹?

仝所长笑了,说,是的,是我妹妹。

兰兰说:你妹妹长得真漂亮!

仝所长说是长得漂亮,可偏偏做了件不漂亮的事啊!

兰兰打开所长妹妹送来的包,打开一看,全是中草药,兰兰拿起药单,一样样对照,之后,兰兰对仝所长说:十六味药,一味不少。

庆　幸

傍晚,在地税局工作的洪庆回到家,脸色阴沉,心事重重。

妻子万静小心翼翼地问:怎么了,亲爱的?

洪庆叹口气：下班前，局长把我叫到他办公室，跟我说，他很快要调省地税局任职，上级已给他透信了。

万静笑了说：人家升职，是好事啊！你不高兴干吗？不会是妒忌吧？

洪庆不满地反问：我是那种人吗？

万静不明白了：那是为啥？

洪庆说：局长说，他调走后，就把他局长的位子让给我。并保证，百分之百让我坐上地税局里的第一把交椅。

万静一听把眼瞪成乒乓球，说：好事啊。天大的好事啊！你该高兴啊，干吗哭丧着脸？

洪庆哎了一声：哪有天上掉馅饼的美事，人家给你好处，是要回报的！

万静这次拧起眉头，看了看空空的四壁，自语道：要回报？咱家有什么回报？要权无权，要钱没钱。

洪庆说：傻老婆，局长当然不是要咱家什么，局长要我把分管的十套经济适用房给他一套。

什么？给他一套？他要给谁住？

他给自己要的。

什么？他要？他家住着160多平米的大房子！经济适用房那是政府给穷人盖的，是给最低收入的老百姓盖的。身为国家干部，亏他说得出口！

洪庆说出原因：这次市政府分配给我们地税局的十套经济适用房，由我负责分配。

万静说：你说的这些我知道，你是地税局的副局长，又是分管行政的，不让你分配让谁？

洪庆说：这十套经济适用房建在市中心的最佳位置。那可是黄金地段，环境好，配套齐全，出行还方便。更何况这次的经济适用房是政府特批，免费装修的。

万静一听明白了：怪不得他这么大气，许你局长的位子。你答应他了？

洪庆摇摇头：可我也没说不答应。对了，局长还说了，叫咱也留一套，他给保密，绝不会出现任何麻烦。

万静的脸立刻变了脸色说：不行，这种违规的事咱不做。别说咱有房住，就是没房住，睡在大街上，也不要这房。咱平地走立地站，做人做事亮亮堂堂，绝不能做那龌龊事。我给你说，人活着图个啥，不就图个心安，夜里能睡个安稳觉？咱不要那个局长，那哪是坐交椅，那是走钢丝啊！

洪庆哎了一声：你一个妇道人家，外面的事，你不懂！

万静抢白道：我虽是一个围着锅台转的妇道人家，可我懂什么叫不亏心！我也整天看电视看报纸，什么对什么错我都明明白白。我知道一个国家干部，要对得起爹娘和良心，要讲一些做人最起码的道德，要对得起自己的饭碗。不能因为手里有点权，就乱来，就为所欲为！

这时，洪庆的电话突然响了。一看号码，脸一下子变了。

是局长？

洪庆点点头。

洪庆按下接听键，局长在电话里说：你要尽快做决定，别再拖了。再拖就没机会了；我再一次给你保证，这一切都会平安无事。局长沉默一刻，又加重口吻说：你不是常说忠于你的事业吗？这就是考验你忠心不忠心的关键时刻！

洪庆想了想，看着妻子的目光，他豁出去了，说：局长，多谢你对我的看重。我常想，什么对一个人重要，那就是诚实。我是一个农民的孩子，能走到今天，靠的就是诚实和不亏心。局长，原谅我，我不能对不起我的良心！

局长已明白他要说的是什么，就哈哈笑了：你也不算年轻了，怎么还这么幼稚？现实生活中，谁不是见荣誉就上，见好处就抢？再说了，这又是天知地知你知我知的事，是一箭三雕的事，你何苦而不为呢！？

洪庆说：局长，我为你纳闷，你这样做，不符合你平时的做事风格啊。你不是常教导我们，要对得起自己的良知；清正在德，廉洁在志；官多一分廉，民增一分福；难道，这些，你都是说给别人听的？

万静一直在洪庆身边，听着洪庆和手机里局长的对话。听丈夫这么挖苦局长，在一旁给洪庆竖了竖大拇指说：对这样当面是人背后是鬼的局长，你就得这样给他说！他平时不是正人君子吗？真是知人知面不知心！他原来的清正廉明都是装的啊，是给下属演戏啊！

电话里的局长恼怒了，声音严厉了：明天上班你给我最后决定，否则，你也考虑一下你副局长的位子。你好自为之吧！说完扣了电话。

洪庆挂了电话，脸上阴得能拧出水来。万静知道丈夫为什么这样。她拍拍洪庆的肩膀说：亲爱的，不就是个地税局的破副局长？不干就不干！没什么了不起！

洪庆看着妻子的脸问：真的。

万静点点头。

洪庆无奈笑一下，自嘲道：看来，我这个副局长也干到头喽，你这个副局长太太也当到头喽！

万静说：可咱们心安。咱们夜里睡觉踏实！

洪庆嗯了一声。说，哎！

万静开玩笑说：其实啊，什么都没变。你看，我还是你老婆，你不还是我老公吗！一切没变啊！

第二天，洪庆下班回来，令万静意外的是，洪庆满脸喜悦，进门就给妻子一个大拥抱，

万静有些不好意思：你看你，这大天白日的！

洪庆高兴地告诉妻子：他是局长用他的专车亲自送来的。

万静脸上露着不屑：你答应给他房了。

洪庆摆摆手。

他没撤你的副局长？

洪庆摇摇头。

那局长咋对你那么好？

洪庆说：局长放心了。

万静不解：局长放心什么了？

洪庆说：要房子这事，是组织部门要局长故意考验我的。局长不放

心,把局长这个位子交到一个没有原则的人手里。局长对我说,通过对我的考验,他很满意,他说他能放心去省地税局赴任了!

最美的老婆

手机突然响了,一个从未见过的号码。

我问:喂,你是哪位?

里面传来急切的男人声音:你是常有礼吗?

我愣怔了,忙说:是的,我就是常有礼。

男人说:我是派出所的,你快来派出所领你母亲。她今天上街买菜的时候突然意志不清,走失了,是我们巡逻民警发现了老人家,把她领回派出所的。现在她的意识有所恢复,她说出了你的名字。你赶快来领老人家,她已经急不可耐了。

我拿着电话,半天没回过神来;伸头往母亲房间看看,母亲正在屋里睡午觉,睡得那么安详,那么香甜。

我不相信自己的耳朵,以为听错了,就喊正在阳台洗衣服的老婆。我问老婆:床上睡午觉的是妈妈吗?

老婆拿手指点了一下我的头,骂了一声:你神经啊,不是妈是谁?难道是王母娘娘?!

我还是不相信老婆的话,亲自跑到母亲床前,趴在母亲脸边看,没错,千真万确,是母亲。我把手机举到耳边,问派出所:你说谁走丢了?我母亲?你是警察吗,不是神经病吧!

那男人说:你严肃点!我警告你,遗弃老人是犯法的,是要坐牢的。

我说:我母亲就在家里,就在我身边,在她床上睡午觉,怎么会

走丢，莫非你是骗子，想敲诈勒索，我警告你，小心我现在就打110抓你！

男人说：那你就快来抓我，我在顺利路派出所等你，你立刻来，不来我去找你。

我说好，我就去，我要看看到底你们演的是哪出戏！

老婆在我身边也听得如坠云雾里，她说：我和你一起去。

我开着宝马车，老婆坐在副驾驶位上，直奔顺利路派出所。一路上，我和老婆都沉默着，心里想这到底是咋回事。

一进派出所大门，一个黑脸大个儿的警察就在门口等我们了。见了我们他就说：老人糊里糊涂，说话颠三倒四，你们真是胆大，要这样一位神志有问题的老人出来买菜，要不是我们巡逻警察发现得早，还不定会发生什么严重后果呢！

我没有搭理警察，随他去说吧，反正我现在就是满身都是嘴，也说不清。

我和老婆跟着警察来到接待室。看到一个女警察正给一位满头银发的老太太端水喝。见我和老婆进来，女警察一脸怒气，不屑搭理我俩。

站在老人面前，我手足无措，不知该对老人说什么，做什么。老婆比较自然，她亲和地坐在老人身边。老婆心眼好，对人和善真诚，特别对老人更是热心肠。

老人看见我和老婆来，神情很平静，确切地说是有点木讷，没有爆发突然出见到亲人的激动和兴奋。

老婆细声慢语地问老人：你认识他吗？老婆指着我。

老人抬了一下眼皮又低下了说：认识，他是我儿子。

女警察狠狠白了我一眼，好像在谴责我。

我弯下身，看着老人的脸，轻声问：老人家，你再仔细看看，我是您儿子吗？

老人看也不看，脱口说：你就是我儿子。

老婆问：你儿子叫什么名字。

老人说：常有理。

我一下傻了。天哪，莫非这位老人才是我亲妈，我还有着我不知道的身世？

还是我老婆聪明，她拉着老人的手问：老人家，他是您儿子，我是谁？

老人看看我老婆，皱了下眉头，笑了：你是我儿子，叫常有理啊。

老人的一句话，把我和警察都吓呆了。

黑脸警察指着我老婆对老人说：您再说一遍，她是谁？叫什么名字。

老人又重复一遍：她是我儿子，叫常有理。我儿子常叫我听他的话，说他的话都对，所以我叫我儿子常有理。

原来是这样的常有理，不是常有礼。

我看看警察，警察看看我，我们尴尬一笑。我对警察说：现在你明白我说的话了吧？！老人真不是我妈，我妈正在家里睡午觉呢。

黑脸警察有些不死心，指着我又问老人：看看他的脸，是您儿子吗？

老人的目光在我脸上流连片刻说：咋不是呢？一个鼻子两个眼，都一样。又看着黑脸警察说，你也像我儿子，一个鼻子两个眼。说完自己嘿嘿笑了。

黑脸警察的脸"唰"地长了，变得黑里透红，红里透黑。

女警察也不好意思地对我和老婆说：对不起，错怪你们了。都怨我们工作不细致，造成误会，请你们原谅啊！

黑脸警察也挠着头说：这位老人确实不是你母亲，是我们工作太马虎，多有打扰，请原谅啊！

我和老婆说：没关系，你们是想尽快为老人家找到家，你们为人民服务，很辛苦，应该谢谢的是你们啊！

当我们离开老人，走出接待室时，老人突然放声痛哭：我要回家。儿子，我要回家！好儿子，把我带回家吧，你们不能把我扔在这里啊！

老人的哭声在我们身后越来越响，我和老婆上了车，老人的呼喊声依然不绝于耳。

我才要发动车,老婆说了声慢。我看着老婆。

老婆说:你看老人多可怜,咱们把老人带回家吧?!

我装作没听见。

老婆又说:你舍得把这样一位神志不清的老人搁在派出所?这里毕竟不是家啊!老人在这里心情会越来越急躁,神志会更加混乱,如果把老人接到咱家,用心照料她,说不定,她很快就会清醒过来,就能尽快回到亲人身边!

我仍然不吭声。

老婆叹了一气,幽幽地说:老人的哭声叫人心疼,如果是咱自己的亲妈,咱忍心扔下吗?

老婆的这句话叫我心里一疼,疼的双手轻轻一抖。是啊。老婆说得对啊。我说:把老人接回家,对我来说没什么,我整天在单位,一出差就十天半月。可你能行吗?家里已有个老人了,再来个神志不清的,得给你添很多麻烦,你能吃得消吗?

老婆笑了说:无非是辛苦点劳累点,我身体好,没什么吃不消。再说了,老人不过暂时在咱家,警察在帮着找,老人的家人也肯定在找。你听老人那哭喊声,她把咱当她的亲人了。咱把老人接回家,老人心里踏实有依托,没准脑子就清晰了。

老婆说得有道理。可我还有顾虑,我说:咱妈不会有意见吧。

老婆说:你放心,妈妈会为我们做了这样一件事高兴的,妈可是信佛的人啊!

我被老婆打动了,当着警察的面,狠狠地亲了老婆一口。我说:老婆,你是世上最美的人!

女儿的心愿

学校临时通知：高三同学放假一天，老师们集体去邻校观摩听课。

太好了，这消息令我喜出望外。都知道，我们高三学生的课程异常紧张，就连星期天也不准我们住校生回家。谢天谢地，这回终于熬到可以躺在自家床上美美睡上一觉了！

我没给爸爸打电话说今天回家的事，目的是想给他一个惊喜。

快走到家门口时，远远看到一个熟悉的身影在屋前精致漂亮的小花园里侍弄花草。我蹑手蹑脚走过去，对着背影喊：爸爸——

爸爸两手都是泥土，看着我，闺女？你，你怎么回来了啊！爸爸脸色紧张，很纳闷：今天不该回家啊？

我说：学校临时放假。

爸爸轻轻"噢"了声，有点埋怨：怎不给我先打个电话？

我说：不是想给你一个惊喜吗！

照理说爸爸见到我一定又惊又喜，没想到今天爸爸却有点心事重重，一反常态。自从妈妈去世后，我和爸爸相依为命，爸爸把我当成他的心肝宝贝命根子，只有我在他身边，他才会开心。今天爸爸到底怎么了？不对劲啊？难道，爸爸生病了？

我一边想，一边走进院子。一进屋门，我简直不敢相信自己的眼睛：茶几上铺着漂亮的碎花桌布，墙壁上挂了画，窗台上摆着玻璃花瓶，瓶里还插着鲜花。我的心一下凉了，一股怒气涌到心头，自从妈妈去世，这个家从没这么漂亮过，我猜想，这肯定是一个女人的杰作。是一个女人使这个家变得这么漂亮，因为爸爸绝没这么高的持家水准。我突然明白爸爸见我时心神不定的原因。

原来是爸爸有了个"女人"！

这时爸爸走进屋，他刚洗了手上的泥土。爸爸见我看他，有意躲闪

我的目光，掩饰慌乱。爸爸这样子，更肯定了我的猜测。我丝毫没被爸爸软弱的样子打动，用谴责的目光盯着他。爸爸想找话给我说，讨好我，一时却不知怎么开口。

我闻到一股女人用的化妆品的味道，从爸爸的卧室散发出来，那是一种淡淡的甜丝丝的味道，这味道好熟悉啊！我心里咯噔一下：屋里藏着女人？我用鼻子使劲"哼"了声，就要往爸爸卧室去。爸爸吓得忙喊：闺女！

我站住了。爸爸的喊声里明显里有祈求、惊惧、阻止，还有抱歉。

我蛮横地说：我知道你为什么害怕，你想对我隐藏你的秘密！

爸爸说：对不起，闺女。

对不起？对不起是什么意思！

闺女，相信爸爸。

别花言巧语。你是不是爱着一个女人？我责问道。

是的，孩子，是这样。

而且那女人，现在就在家里？我眼里盈着泪，双眼紧紧盯着他。

爸爸瘦瘦的脸木木的，眼睛是茫然的，沉默一会儿说：是的，闺女，没想到，你这么突然回来。不然……

不要岔开我的话题！我说：不然什么？不然你就不会叫这个女人今天来咱家里，是吗？！妈妈去世的时候，你是怎么答应我的？你说，你永远只爱妈妈一个。可妈妈刚去世一年，你就这样对她，就这样把她忘得干干净净？你还有良心吗？你口口声声说，妈妈不在了，好好疼我爱我，我是你的命根子，是你唯一的亲人！可我不在家，你竟然把别的女人带到家里！你看看，还把家打扮得像新房，你是不是要把这个女人娶进家来！说完，我不顾一切冲进爸爸卧室……

我一下惊呆了：爸爸的床头上摆放着妈妈的遗照，遗像前，是妈妈当年最爱用的化妆品。爸爸很用心，他把化妆品瓶盖一一都打开，仿佛妈妈正在使用着那些东西。那红色的玻璃瓶，多么熟悉，那淡淡的、丝丝香味多么温馨……

妈妈……我捧起妈妈的照片，泪如雨下。

爸爸心疼地抚摸着我的头：闺女，今天是你妈的周年纪念日。你妈妈离开我们整整一年了，我想用这种方式再送送她。她活着的时候一直喜欢用这种牌子的化妆品，平时最爱在窗台上摆鲜花，铺这种碎花台布，我就按她生前的喜好，买来这种花台布，模仿她在的样子把家布置一番。我想用她最喜欢的方式祭奠她，愿她在天堂也和生前一样，生活得幸福快乐。叫她知道咱爷俩没忘她，天天都想她，也叫她别忘咱……爸爸抽泣起来。

我走到爸爸跟前，爸爸给我擦擦眼泪，把我揽在怀里：孩子，爸爸不知道你今天回家，不然，爸爸不会用这种方式悼念你妈，叫你这么伤心！

我抬起头，用衣袖给爸爸擦擦脸。为了安慰爸爸，我镇静了情绪，故意给爸爸做了个鬼脸：我还以为你趁我不在家，做偷情的事呢！

爸爸先是一愣，呆呆看我，苦苦地笑：闺女，这话不好听，女孩家不准这样说话。又说，爸爸怎么能偷，偷——爸爸没说出那个情字，仿佛那个字会脏了他的舌头。

我问：这个家是你打扮的？你有本事把家打扮得这么漂亮？

爸爸说：傻闺女，这有什么难，就照你妈妈喜欢的样子摆设呗。

我真后悔对爸爸粗暴的态度，羞愧地说：爸爸，原谅我，好吗？

爸爸点点头：闺女，记住，爸爸永远都爱你，即使你到了六十岁，也是爸爸的命根子！

我笑了，想象着我六十岁时还撒娇的模样，那真是太美妙了！

我清楚，与其说不许爸爸爱上别的女人，是怕爸爸忘了妈妈，倒不如说怕爸爸忘记我，怕别的女人夺走爸爸对我的爱。对这点，爸爸也非常清楚，虽然爸爸不说。妈妈去世后，爸爸的心一直都在疼，那巨大的痛和寂寞是女儿无法安慰和替补的。我想，我该像个大人似的为爸爸着想了。

我对爸爸说：再为我找个妈妈吧，祝愿爸爸你重新找到幸福。话一出口，心却漫上凉意，一瞬间，脑海里出现了妈妈在世时全家人一起快乐的情景。

我的话使爸爸很意外。爸爸知道我心疼他才这样说的。

爸爸看看我，又转脸看妈妈的遗像，眼圈红了，他对妈妈说：听见了吗，我们的女儿长大了……

我却趴在爸爸怀里，呜呜哭了……

缘　　分

这家面馆，挨着十字路口，是路边店。店面不大，窗明几净，地面也光亮，没有一般小饭店里常见的那种餐巾纸烟头子什么的满地乱扔。面馆不经营炒菜，只卖砂锅面条，也有几种简单的凉拌小菜。

南来北往的，行脚过路的，到了饭时，或赶路赶饿了，透过落地大玻璃窗，伸着头，往店里望，一看干净，价格又便宜，就都来此吃饭。所以来的人就多，面馆的生意就红火。

这天下午，天空阴着，下着小雨。因为不是吃饭的钟点，又下着小雨，所以店里比往常清闲；只有三四个客人，一边吃面，一边观看窗外的天，不知雨多会儿停。

这时，门外进来一中年女人，拎着一个黑色旅行包，旅行包有被子卷那么大，她吃力地斜着身子。女人头发被雨水淋湿了，发梢滴着小雨珠。她清瘦的脸上疲惫不堪，暗淡的目光里有些紧张。看女人进门，从铝合金隔断的厨房里出来一胖男子。男子和气地对她说：吃面，请坐吧。然后转头对着厨房喊：丫头，有客人。

应声从厨房里风风火火跑来一个女孩，她就是丫头。丫头手里拿着一个小本本和一支笔，她看女人吃力地拎着大包裹，就对女人说：大姨，你把包放椅子上吧，拎着多沉啊！又说，你请坐，除了要碗面，你还要小菜吗？

女人把包慢慢放在椅子上，但手并没离开包，半天对丫头的话没做反应。胖老板拿眼瞅女人，女人好像有话，话在嗓子眼支吾了半天也没说出来。丫头是火性子，对她的迟钝不高兴，说：吃什么你快说，你稍一坐，饭菜就上来了，不耽误你赶路。丫头以为女人害怕赶车误点才这样犹犹豫豫的。

女人看丫头有点烦，微微笑了一下，笑得很小心，又谨慎，说：闺女，我，我想求你点事。

丫头皱了一下眉头，没料到女人没说吃饭的事，说要求她，这样一个唯唯诺诺的女人准要给她添麻烦，小长脸就更长了，没好气地问：你求我什么事。

女人叹了一口气：我闺女在你们这个城市上大学，我来找我闺女，我闺女给我找了个活，给她老师当保姆看孩子。丫头说，那你去找你闺女就是，你给我说这些干吗？！

女人腼腆地咽了口唾液说：我，我的钱包在火车上被偷了，我刚下火车，坐了一天一夜的车，没吃一口饭，想进你店讨碗面吃，行吗？之后女人又说：我饿坏了，实在没有力气了，等我找到闺女，叫她把钱给你送来，好吗？丫头听了，愣了，她打量着女人，没吭声。她也是打工的，这不是她的店啊。丫头就转脸往老板坐的椅子上瞅。其实女人说的话老板也听到了，但老板把头低着，很仔细地翻看一个旧账本。女孩心里就明白了，知道老板不同意，就转脸大着声音对女人说：我们店不施舍，你还是去别的饭店去讨吧。再说，现在骗子多的是，谁知道你的钱包真被偷了还是假偷了。莫不是想白吃一顿饭吧！

丫头的话蛰痛了女的心，女人一哆嗦，脸顿时红了，说：你看我像是骗子吗，我实在饿得浑身没有一点劲，两脚迈不动步才进店讨饭的。小姑娘你不给就算了，别拿话伤人啊。老板这时抬起头，朝着女人阴阳怪气地说：去去去，走你的吧，你没钱就快走吧，就别讲那么多道理了。有钱就有理，没钱讲什么都是嘴上抹石灰——白说。快走吧，我们这里不施舍！

女人再没见过世面，再是出来给人当保姆的，女人也有自尊啊！女

人的自尊受到重重的打击，感觉脸被人不轻不重地扇了一巴掌。女人的泪小溪一样顺着眼角往下流，流到嘴里，流到脚下的水泥路面上。女人虽羞愧难当，但女人想，人家老板说得对呀，你上门来要人家的面吃，人家不给也没错啊，人家又不欠你的，为嘛就非得给你呢。女人流着泪，拎起搁在椅子上的旅行包，默默朝门外走去。阿姨别慌走！面馆里正在吃饭的一个女孩站起身来，叫住了女人。女人站在门口，惊疑地转过身。女孩说：阿姨，你认识你闺女，我和她是同班同学！女人吃惊地瞪大眼睛，问：你和我闺女是同班同学？你也在枣庄大学上学？女孩说：是啊，我也是枣庄大学的学生。女人迷惑了，说：你知道哪个是我闺女呀，怎么说和她是同班同学呢？女孩说：你闺女是不是长得和你这么高？和你的模样很像，也是瘦瘦的，眼睛大大的，比你的皮肤要白得多，白得很好看。女人的泪又流出来了，说：是啊，是啊，邻居也这样说啊，我闺女比我白，白得很好看。女孩说，是啊白得很好看，我们给她起外号，都叫她小白兔。女人笑了说：小白兔，好听，小白兔。女孩说，阿姨，你坐下来吧，坐下来吃面，饭钱我拿了，你只管吃。能吃几碗就要几碗，别客气，等你吃饱了，就去见小白兔，好吗？老板和丫头站在那儿看愣了。以为是演戏，哪有那么巧的事。可这又是真的，就在眼前，真真切切的。女人说：谢谢你闺女，谢谢你啊，我真的饿得一步也不想走了，我吃两碗面，好吗？一等见了我闺女，就让她把钱还给你，一定还给你。女孩对丫头说：快给这位阿姨下两碗面，再来两样小菜。女人说：闺女，不要菜，两碗面就行，两碗面吃进肚子，我就有劲走路，就能去找我闺女了……女人说着，脸色就红润起来，有了神采。不一会儿，女人要的两碗面和菜都端上桌，看着热气腾腾的面，女人没吃呢，泪水湿了眼窝，说：幸亏遇上了你，好闺女，谢谢你。女孩笑着说：阿姨，别客气，我和你有缘啊。结账的时候，老板按了计算机，对女孩说：光要整，零头不要吧。女孩说：那就谢谢老板了。

　　老板有点惭愧说：不是我们心肠硬，我们是小本生意……你是个好女孩，我们得向你学习啊……

　　女人和女孩走出饭店，雨不下了，天边抹上了云霞。女孩从口袋掏

出五十块钱交给对女人说：阿姨，这钱给你拿着。女人愕然了，问：你给我钱干吗？女孩说：你去找你闺女，口袋里一分钱没有那怎么行，要是需要打个车打个电话的怎么办，这钱你就拿着吧。女人说：孩子你不是和我闺女在一个学校上学，还是同班同学吗，咱娘俩一块走就是？女孩笑了说：阿姨，我根本就不认识你女儿，我更不是什么大学生，我家穷，我连高中都没上完就来这个城市打工了。我也是给人家做保姆的，东家放我假，我回家去看看我父母，我现在要去赶火车。女人愣了说：那你怎么知道我闺女长得什么样，难道你会猜会算。女孩笑了说：我哪有那么神。阿姨，我是骗你的。我是看着你的长相乱说的，没想到竟然说得那么准，真把你蒙住了。女人恍然大悟，鼻子一酸，两行热泪滚出眼窝。女人说，谢谢你好闺女，你和我不相识，怎么对我这么好。女孩说：我们有缘啊。是啊，有缘有缘。女人说女孩说：阿姨，再见了，我要快去赶火车了，不然就要误点了。这五十块钱你就收下吧。我能帮助你，阿姨，我很快乐。女人含着热泪接过钱。女孩对女人说：我真羡慕你女儿呀，真羡慕，见了问她好。再见阿姨！女人望着女孩消失在人群中。女人忽然想起来，怎么没问女孩姓什么，叫什么名，家在哪里？以后好还给他钱。女人就对着女孩的背影叫：闺女，你叫什么名字啊？

　　女孩只是回头摆了一下手，又转过身消失在了茫茫的人海里……

第四辑

都是爱

都 是 爱

　　老两口坐在公园的椅子上晒太阳。老奶奶摘了一朵身旁的迎春花，惊喜地对老爷爷说：哎，你看看，迎春花的花瓣原是五个瓣的呀。我一直认为是六个瓣呢！

　　老爷爷不屑一顾地笑了，讽刺老奶奶：你还有这么高雅的情调？还会赏花？我一直认为你是个俗人，只知道唠叨我，真不知你还有这雅兴啊！

　　这样的话傻子也能听出个所以然来。老奶奶气得转过头，瞪着老爷爷说：死老头子，你是在挖苦我。老奶奶打开了话匣子：自打我十八岁嫁到你家，我就算卖给了你家。我就变成了一台干活的机器，从来没闲着过。伺候你七十岁的老娘，给你生养六个儿女。起早贪黑当你拉磨的驴。吃的苦，受的难，那可是两火车也装不下呀！

　　老爷爷说，哎哎，你这老太婆整天诉那过去的苦，我耳朵都快磨出茧子了。现在不是过好日子了吗。你的好，你的功劳都装在我心里了，我好好疼你报答你不行吗？！

　　谁要你疼，你别惹我生气，别给我抬杠，就算烧高香了。老奶奶说，记得有一次，我生病，发烧到40度。躺床上难受死了，你不但不心疼我，还对我发脾气说，说你怎么还不快点好起来，家里乱套了，脏死了，六个孩子谁来管谁来问啊。

　　老爷爷不高兴地打断老奶奶的话说，老太婆，你怎么哪壶不开提哪

壶呢？换个话题好不好，那时不是我又上班，又要照顾六个孩子，不是累急了说的牢骚话吗？这事已过几十年了，我也已向你赔礼无数次了，你怎么还是得理不饶人啊？！

老奶奶不依不饶，那都是我走过来的路，你叫我忘，不叫我说，我做不到！

老爷爷说，真固执！好好好，只要你高兴，你愿咋说就咋说吧。你看，都是我把你的脾气惯坏的。

老奶奶看着黄灿灿的迎春花感叹说，人过得真快啊，这人的寿命怎能和花比呢，花落了，明年春天又开了，可人活七十古来稀啊，过了这辈子，路也就走到尽头了。

老爷爷说：不要说这种消极的话，你说的古来稀是老皇历了，现在活到九十岁一百岁的不稀罕，多的是！

老奶奶反驳说：要活一百岁你去活，我可不愿活那么久，给儿女们添麻烦，你呀，真是个自私的老家伙！

老爷爷没吭声，好像对老奶奶的话也不反对。老爷爷突然想起什么，高兴地说：明天是星期天，小儿子说好了要带我们去大酒店吃饭。

老奶奶问：哪家大酒店？咱们去过吗？

老爷爷说，去过，就是前街那家最大的酒店。

老奶奶说，我可不记得去过，前街哪有什么最大的酒店，我从小就在前街长大，从来不记得有什么最大的酒店。

老爷爷生气地说：你装傻是不是，新开的那家大酒店。过年的时候大儿子不是带咱刚去吗？怎么这么快就忘了？

老奶奶反驳说：过年去的不是大酒店，是火锅店，我清清楚楚记得吃的是羊肉火锅。

老爷爷说：你这个老太婆真讨厌，明明去的是大酒店，吃的海参宴，非说是火锅，哎，真是颠倒黑白！

老奶奶说，你这个老头子就只会跟我抬杠！我就是不记得去过，非叫我承认去过，你才是颠倒黑白呢！真是没法和你这种人过，一天到晚吵吵吵，真叫人头疼。老奶奶一边说，一边生气地站起身来要走，却怎

么也走不开——

原来，老奶奶忘了，她的手一直被老爷爷的双手捧着，捧在了一起……

菩　　萨

女人初一、十五便来寺里烧香拜菩萨。一年了，无论刮风下雨，都来，从来没间断。

女人四十多岁，长得妩媚，皮肤白，白得透亮。可女人眼里含着苦。每次来寺烧香，眼里都有东西晶莹发光。

女人对菩萨很虔诚，虔诚地焚香，虔诚地跪拜，虔诚地祷告。每次祷告完，要离开寺庙的时候，女人便从她手中的小坤包里拿出早已准备好的一些钱，恭恭敬敬地丢到功德箱里。之后，痛苦的脸色露出一丝轻松。好像菩萨帮她了了一桩心事。她把心全都给了菩萨。

寺里有个打扫卫生的妇人，五十多岁，长相穿戴极普通。每天打扫香客们扔弃的废纸片，矿泉水瓶之类的东西，当然她还有最重要的一项工作，就是要看管好香火炉，避免香客粗心，发生火情。

女人痛苦的表情和捐那么多钱都被扫地的妇人看在眼里。她在心里感叹：这女子对菩萨真是虔诚啊！一捐就是那么多，都是百元大钞，好心疼啊。每次，妇人都恨不得一把抓住女人的手，把那些大钞夺下来。

这天是初一，是香客们烧香拜菩萨的好日子。太阳熹微，寺庙的大门就打开了，香客们大都早来烧香拜菩萨，晨光乍露时便鱼贯而入，鱼贯而出。当然，女人一定要来的。女人来得也很早，当她拜完菩萨，捐了钱，走出寺庙时，寺里的和尚也已经做完功课开始忙活了。

女人走出寺门,朝停车场走,这时妇人疾步走来,跟着她,到一个僻静处,妇人叫住了她,温和地说:夫人,请您留步,可以吗?

听到有人叫她,女人停下,半转过身,好奇地盯着她,问:你是叫我吗?

妇人点点头:是的,夫人,我有句话,想跟你说。

女人感到迷惑,打量着妇人:我不认识你啊。她真的从来没有注意妇人。一个打扫卫生的,注意她干什么呀!

妇人说:你是好人,是善人。夫人,来上香的人我见得多了,看得出,您是大善人!

妇人的话叫她高兴。女人脸上微微露出悦色,说:谢谢你,你说你有话对我说,请问,你要对我说什么?

妇人说:夫人,再来拜菩萨,别捐那么多钱,好吗?

为什么?女人皱起了眉头。

妇人犹豫了一会儿,终于说出了口:夫人,我觉得,你捐那么多钱,实在可惜。

可惜?

是的。夫人,真是可惜。您的钱又不是大水冲来的,不容易啊!钱真是好东西,要花在刀刃上,要用它办大事。

她原来要跟我说这些话。女人有些生气了,眼里冷冰冰的。

妇人又说:你拜的菩萨那不就是石头一件摆设吗?修人在修心,求菩萨不如求自己啊!你在那里跪着,菩萨永远在那里坐着,菩萨也不看你,谁也看不见……

妇人的话把女人的心蛰疼了。脸刷一下就变了,妇人立刻闭了嘴,有些不知所措。

女人冷漠地看了一眼妇人,拂袖而去。

妇人有些不知趣,又紧跑几步,赶上女人。她指给女人远处一座朦朦胧胧的小高楼说:夫人,你看见,那座小楼了吗?

女人没说话,随着她手指的方向望去。妇人一边说,一边用心观察女人的脸色,她害怕她的话再惹烦女人。妇人说:夫人,那个地方比寺庙更需要钱?

那是什么地方？女人问。

妇人说：那是一所孤儿院，那里的孩子，大都是被狠心地父母抛弃的身体有残疾的孩子。钱能帮助他们解决好多的事。

女人的心一触。她用一种陌生的目光，重新打量着妇人。然后不予理睬的样子，径直朝停车场走去。

看着女人离去的身影，妇人心里隐约有点后悔，觉得自己不该说，说错了。你和人家素不相识啊。

让妇人料想不到的是，从那以后，夫人一下子消失了，消失得无影无踪，一连数月都没再来拜佛。每逢初一、十五，妇人都在众多的香客们中间，寻找她的身影，可每次，都令她失望。

这天下午，妇人抱着扫帚，清扫寺院门前的落叶。下午是寺院最清静的时候。妇人忽听到身后有人。转过身，咯噔一下愣住了，面前站着女人。女人像梦一样出现了。

女人微笑着说：我来。谢谢你。

妇人莫名其妙，但她吃惊地发现，女人变了，女人眼里潮湿的泪影不见了，变得有神采，有生机了。

女人说：我听了你的建议，去了孤儿院。果然如你所说，那里的孩子们，的确需要我，不仅仅是需要我的钱，给他们解决生活中的困难，更需要我陪他们散步，给他们讲故事。谢谢你，你让我走到孩子们身边。

妇女脸上露出了笑容。

女人说：一年前，一次车祸，夺走了我儿子十岁的生命，这可怕的经历几乎使我发疯。我想儿子，我拜托菩萨，祈祷菩萨，让我的儿子在那个世界里快快乐乐。只要我儿子快乐，给菩萨再多的钱，我也不在乎，不心疼。儿子快乐，我才能快乐啊。可是，我虽然每月的初一、十五来拜菩萨，仍然快乐不起来。我知道，我是自欺欺人，自我安慰，我的儿子，再也不能复生了。当我听了你的话，来到孩子们身边的时候，我忽然发现，孩子们才是我的菩萨，是他们帮我赶走了忧郁的魔鬼，让我脸上重新又长出了笑。

妇人说：我看得出来，您是大好人，是个菩萨。

女人脸红了，说：我不是，我不配做菩萨。只有你，才是真正的大菩萨啊。

妇人说，我不是，你是！

女人说：后来，我才知道，那个孤儿院，是你丈夫去世后，你用给他的补偿金，资助建起来的啊！大姐，你才是真正的菩萨啊！

刘锁要回家

刘锁的家是一间租来的20平方米的简易房。爸爸用木板隔成了两小间。刘锁住里间，爸爸妈妈住外间。

进了刘锁的小房间，感觉像钻进了"小盒子"，黑而狭窄。刘锁做作业得把书本放在腿上，坐在床上写。可刘锁还是很喜欢这个"小盒子"，因为，这里是他自己的世界，在这里他感到很安全。特别是当爸爸凶着脸打他骂他时，"小盒子"就成了他的避难所，躲在里面，悬着的心就会放下来。在学校受到欺负时，刘锁回家也躲进"小盒子"。不管外面发生什么事，一进他的小盒子，他就会感觉特安全，心情也会慢慢好起来。

刘锁很怀念自己的家。他的家在四川西部的一个乡村里。他家是一排新盖的平房。其中最西边的那间是他的房间。他的房间好大好亮堂，比这个小盒子好几万倍。出了门前面就是菜园，菜园前面竹园，要多美有多美。可有一天，在外打工的爸爸却把他和妈妈一块带到了他现在住的这个城市。

爸爸是个打工仔，爸爸认为手只要勤快，哪里都饿不死人。刚开始，爸爸在一个工地上打工，妈妈在一个电子厂里上班，虽然是住在这样的小黑盒子里，刘锁还是很快乐的，可最近半年，妈妈的电子厂停了，爸爸的工作也丢了。爸爸整天一副邋里邋遢的样子，脾气变得很坏。

爸爸过去可不是这个样子啊，爸爸最疼爱刘锁了，在家里的时候，每次去赶场，爸爸都是让刘锁骑在他的脖子上，有次在场上，他要撒尿，喊爸爸让他下来，爸爸让他下慢了，撒了爸爸一脖子。爸爸只是笑，也没打他。就说来到这个城市吧，有次，爸爸单位的老板宴请员工聚餐，爸爸摊的那份没舍得吃，而是带回了家。那可是一个很大的饭盒啊，满满的都是好吃的。看刘锁吃得那么开心，爸爸一个劲笑。

可近段时期，爸爸的脾气变坏了，动不动的就动手打他。开始是用巴掌，后来就用了门后的扫把。他知道，爸爸打他，是因为爸爸心里憋屈，怨都怨狗日的"金融危机"，把爸爸的工作"危机"掉了。半年前爸爸工作的那个工厂，因金融危机大幅度减人。爸爸由于年龄大，没文化，第一批就被减掉了。之后的几个月，爸爸一连应聘了几个工厂，都因年龄大，文化水平低，没有专业技术等原因始终找不到工作。那天，刘锁刚放学回到家，爸爸又是不明不白地抄起扫把。妈妈大声对刘锁喊，快跑啊孩子，快跑！可是刘锁没跑。只是钻进了他的"小盒子"，刘锁他坐在自己的"小盒子"里，抱着双腿，把头埋在双膝上，一边流泪一边想："金融危机"真不是个好东西，把爸爸都变成什么样子了！想着想着，他就想起了自己小时候乡村的那个家，那个家，他是太想念了……

爸爸一打刘锁的时候，总是妈妈护着刘锁。妈妈有时哭着对刘锁说，孩子，原谅你爸爸吧，他因为找不到新的工作，心里太苦了。妈妈的话，刘锁能听懂。所以每次爸爸打他的时候，他都由着爸爸打，他想，爸爸，只要打我能让你找到工作，你就使劲打吧！每次爸爸打过之后都是泪流满面！

今天放学时，不知谁用碳素画了一只老鼠，粘在他的后背上。逗得走在刘锁后面的同学哄哄笑。刘锁受了羞辱，脸气得通红，但他克制着

自己，没有发怒。刘锁不可能发怒，他知道他自己是个乡村娃。在人家的城市他是没有资格发怒的！到家刘锁就钻进自己的狭窄的"小盒子"里，一边做作业，一边让委屈的眼泪任意往下流。这个时候，他不由得又想起川西的那个家，那个竹园，那里的伙伴……他想告诉爸爸，爸爸，咱的家不在这儿，这个城市不是咱的家，咱的家在乡村啊！

可刘锁不敢说。刘锁怕说了，爸爸又打他。刘锁好想乡村的那个家啊……

这时，刘锁听到妈妈在敲门：刘锁出来，快出来孩子。妈妈的声音与以往不同，显得有力，愉快。妈妈说：锁，我和你爸商量好了，咱明天就回家，就回咱自己的家。爸爸不在这儿找工作了，爸爸要回家承包果园，种葡萄。你二叔今年种葡萄挣了好几万呢。妈妈的声音带着笑：孩子，你再也不用躲在这个黑屋子里了，咱们家的房子虽在农村，可比这黑屋子大多了，亮多了。

刘锁也听到爸爸在说：孩子，出来吧，爸爸以后再也不打你了，爸爸向你道歉。回到自己的家，爸爸一切从头开始，把咱的地种好，把果园种好。咱一家人和和气气快快乐乐地过日子。

妈妈说：快出来收拾你的东西吧刘锁，这城里虽好却不是咱的家，咱回咱自己的家去！

对这突然的变化刘锁真的有点欣喜若狂。是啊，我们要回家了。我们要回到我们自己的家了！但一收拾起东西来，刘锁又有些恋恋不舍了，这个小盒子，我要离开你了，我要永远离开你了……

当刘锁和爸爸妈妈离开这个房子的时候，刘锁看着他的"小盒子"，刘锁想，回到家，我一定好好读书，在不久的将来，我一定还会回来的。只是，那个时候我不是这个城市的打工仔，我是要做这个城市的主人！

马小虎请客

今天是周末。刚放学,马小虎就对徐豆子说:"午饭别回家吃了。咱俩下馆子!"马小虎和徐豆子是同班同学,都上五年级,两人好得穿一条裤子。

"下馆子,好啊!"徐豆子说,"我妈正好上午不回家,叫我在家随便吃点。"接着又说,"不过你得请客,我一分钱也没有。"徐豆子把两个裤袋掏出来给马小虎看。马小虎说:"我也没钱,只还有两块。"马小虎掏出两个硬币给徐豆子看。

一看马小虎也没钱,徐豆子拉长脸了:"那还下什么馆子,两块钱吃个屁?!"

马小虎诡异地笑了,一拍胸脯说:"有钱下馆子哪个不会?!没钱下馆子才叫有本事呢!你放心,今晚你跟我,保你没钱也能吃得满嘴里流油!"听马小虎这么说,徐豆子有些不相信:"你真有那么大本事?别吹牛吧?!"马小虎拂袖要走。徐豆子看马小虎生气,忙赔笑脸说:"信。我信还不行吗!"马小虎说并让徐豆子配合,说:"等吃完了饭,你看我眼色行事。"徐豆子有些不放心问:"能行吗?不会被抓住送派出所吧?!"马小虎说:"你怎么怕这怕那的像个小女孩?别怕,出事我负责!"

看马小虎信心十足,徐豆子也来了勇气,问:"去哪个酒店?""福来顺酒店。"

徐豆子吓了一跳,说:那可是这条路上最豪华的酒店。马小虎说:"豪华的酒店吃起来才刺激嘛!"

福来顺酒店,装饰豪华誉满全城,来这吃饭的都是些体面人。两人顺利进了酒店,并有一漂亮的服务小姐给他们导引,送他们到饭桌前。徐豆子从没进过这么豪华的酒店,乍一进,被流光溢彩的灯光映得两眼

奕奕,精神亢奋。不停地用赞许的眼神看马小虎。马小虎显然比徐豆子见过世面,看徐豆子这么兴奋,显得很自豪。

马小虎拿过菜单,没打愣,很老练地要了四个菜一汤。有鱼有肉,还有一个鲜味乳鸽汤。徐豆子佩服得简直要像青蛙一样五体投地了。

徐豆子大快朵颐,恨不得把乳鸽汤全喝光。看徐豆子吃得这样香美,马小虎脸上乐成一朵花,能让自己的好朋友吃得这么愉快,他很有成就感。

不大会儿两人都吃得嘴上油光光,脸儿红扑扑,肚子圆滚滚,撑得饱嗝一个接一个。

吃饱了,该回家了吧?徐豆子偷偷看马小虎的眼色。马小虎眨了一下眼,示意他先溜。徐豆子读懂了小虎的意思,站起身,没事人样地离开饭桌,走出了酒店的旋转大门。看徐豆子的身影消失在大门口,马小虎磨蹭一会儿,接着也起身朝大门走。要出门时,服务小姐拦住了他,说:"同学,买单在那边。"

马小虎晃了一下神说:"还没吃完呢,我出去打个电话就回来,这里面太吵!"他是故意找理由。服务员说声对不起,接着就跟在他身后。看服务员跟得紧,马小虎心虚,没敢走远,站在酒店大门前,装作打了会儿电话,又回到座位上。

马小虎一看很难骗过这个服务小姐,就一边拿牙签叼着牙一边说:"把账单拿来。"其实服务小姐早把账单算好了,随手递给马小虎。

马小虎接过账单边看边算,故意磨蹭时间。服务员站在那儿等了半天,不耐烦了说:"同学,你算好了吗?我不能只为你一个人服务,还要忙其他顾客呢!"马小虎抬头看了看服务员,知道骗不过去了,无奈地摸摸脑门,嘿嘿笑了两声:"我只有两块钱……"服务员说:"不会吧?!你小小年纪不会骗吃骗喝吧。"马小虎觉得受到侮辱,顿时瞪起眼睛说:"我没钱结账,不等于不付账。"服务小姐问:"没钱咋付?"马小虎说:"我记账!我把饭钱记在我爸的账上,让我爸爸付!"

服务员问:"你爸是谁?"马小虎头一扬,得意地说:"我爸是

谁?这个酒店就是我们家开的。"服务员愣了,恍然大悟说:"你是我们总经理的儿子马小虎?"马小虎笑眯着眼说:"没错,你也知道我的名字啊。"服务员说:"我虽然是新来的,但来的第一天就听大家说了。你这么出名的调皮鬼谁不知道啊!"马小虎瞄了一眼服务员问:"这回能记账了吧?"服务员说:"能不能我做不了主,得去问问我的部门领导。"

　　不一会儿服务员回来了说:"就算你是马总的儿子,可马总说,不管是谁,不准任何人以他的名记账。"马小虎很吃惊:"真是我爸说的?"服务员点了点头。马小虎问:"我爸还说什么?"

　　"马总说,你没钱不付也行,这个周末你必须来酒店打工,偿还饭钱。"马小虎万万没想到爸爸会这样,爸爸对他可是百依百顺异常疼爱啊!马小虎好生气说:"我才刚刚十三,叫我来打工,他这是使用童工,是违法的!"服务员说:"要不就送你去派出所。这也是马总说的。"马小虎受不了,甩下服务员,一口气上了二楼,推开他爸的办公室,大声嚷道:"爸爸,是你说的叫我打工还吃饭的钱?!"

　　马小虎的爸爸正在老板桌前写东西,儿子蛮横的样子没让他吃惊,他平静地说:"是的。"马小虎说:"你说的话你可要负责任,你不要为你说过的话后悔!"马总笑着问:"我后悔什么?"马小虎说:"和你断绝父子关系!"马总笑了说:"好啊,断绝父子关系,你就要自己去养活自己!"儿子听了爸爸的话嘿嘿笑了两声说:"叫我自己养活自己,哼,没门!"

　　马总一看马小虎这样,就缓下了语气说:"我的小虎是乖孩子,对了,别生气了,这份文件你给爸爸到饭店对面的复印社复印一份。"

　　看爸爸这么说,马小虎只好从爸爸的手里接过,不情愿地去了。

　　回来后,马小虎看到爸爸的办公室里到处是丢的纸团,就说:"爸爸,你也太不讲卫生了!我刚才在屋里,还没见这么脏呢!"

　　爸爸说:"那你就帮爸爸打扫一下吧!"

　　马小虎只好拿过笤帚帮爸爸把办公室打扫了。看马小虎忙完了,爸爸又吩咐小虎把他办公室窗台上的两盆正在开着的菊花搬到下面酒店的

大厅去。花盆不小,当两盆花都搬完时,小虎已累得气喘吁吁。

这时,爸爸把一百元放在了案头说:"今天下午,你给爸爸打工,给爸爸做了很多事,这是爸爸给你的工钱,去,把欠的饭钱还上!"

看爸爸这么说,马小虎猛然明白爸爸一个下午为什么累他了。他接过钱。爸爸用手抚摸着他的头说:"孩子,你要记住,世上没人会无缘无故替你还账,想还上债务,只有靠自己勤劳的双手。"

叶子要转学

上数学课的时候,叶子忽然想起,课桌下的抽屉里,有一块她咬了一小口的巧克力。

一想起下课时只咬一小口还没来得及吃完的那块巧克力,叶子肚子里的馋虫就开始闹腾,心就痒痒得慌,就不能安心静气地听数学老师讲课。

叶子实在难忍那美味的诱惑。叶子吃过许多巧克力,却从来没吃过这么好吃的。那是世界上最有名的巧克力——瑞士莲啊!纯正的瑞士风味,浓香馥郁,放在嘴里就融化。这是爸爸前几天出国考察工作时,特意从瑞士给她买回来的。

叶子脑海里不停浮现着那块巧克力,口水不由自主地流出来。她舔了舔嘴唇,想,此刻要是咬上一小口,那该是多么美妙的事情啊……

叶子是个文静胆小爱面子的女孩,可今天却做出了一个大胆的举动:她趁数学老师转身往黑板上画三角形的空儿,迅速把那块巧克力塞进了嘴里——啊——太美妙……

该着叶子倒霉啊,就在叶子紧张地把巧克力放进嘴里在仔细品咂巧克力的时候,数学老师猛地转过身来,一下子把叶子逮了个正着。

其实这也算不上什么大事,叶子的举动并没有危害到其他同学正常上课。若是别的老师,碰见这种事,可能简单批评叶子几句,或给一个严厉点的眼神也就过去了。可叶子今天偏偏遇到的却是全校最以严厉著称的数学老师。在数学老师的眼里,叶子的行为,是绝对不能容忍的,容忍了,那是她的失职,更是她的耻辱。数学老师认为,学生在她上课的时候偷吃东西,何止是不尊重她,简直是在刺激她的神经,是在向她挑战。数学老师看着叶子,瘦黄的脸涨得通红,她像被突然点着的爆竹,大声吼道:给我吐出来!随着数学老师的一声断喝,全班同学的目光,一齐聚集在叶子身上。叶子吓得顿时把脸藏在下巴里,不敢抬头,把嘴里的巧克力赶快吐了出来,攥在手心里。数学老师并没到此为止,她拍着面前的讲桌,命令道:把吃的东西全都交到这里来!叶子顺从地站起身,把口袋里剩余的几块全都掏出来,离开座位,交到讲台上。虽然叶子的座位,离老师的讲桌只有几步远,可叶子却觉得步履维艰。

叶子把巧克力放到老师面前的讲桌上,转身要走。老师又问:这是全部吗?口袋还有藏的吗?叶子立刻摇摇头,眼睛却一直不敢看老师那张恐怖的脸。叶子刚走了两步,想赶快坐到自己位置上,这时数学老师却又改变了主意,说:回来,去,把这东西给我扔出去,扔到教室外头去。不要在我眼皮底下叫我心堵。数学老师皱着眉,做出一副恶心的样子。叶子转过身,含着泪,走到课桌前,抓起巧克力,低着头,顺从地把巧克力扔在了教室门外的垃圾桶里。回到座位上,刚坐下,数学老师大吼一声:谁让你坐下的?站起来!叶子条件反射似的弹起来,此时叶子委屈的泪水夺眶而出。

叶子可怜的神情,比语言更能打动人心啊!同学们也为叶子抱屈,可敢怒不敢言。同学们认为老师对叶子的处罚有点过分了,应该到此为止了,因为叶子一直是个不错的女孩,团结同学,学习也勤奋。数学老师看着叶子说:你就站在那儿吧,就站到下课。然后她又把目光转向全班:全班同学:昨天我刚给你们上完思想教育课,上课不准吃零食,不准喝水,不准看小说看画报,不准做小动作交头接耳。我整天苦口婆心,耳提面

命，想尽一切办法叫你们好好学习，将来考上重点高中，只有考上重点高中，才能考上重点大学，才能叫老师安心，才能叫你的家长放心。我昨天的话还没凉呢，今天就敢有人以身试法。好啊，不怕是吧，我说了不算数是吧，好啊，我要叫你们知道，我决不允许有任何违纪行为在我眼皮底下发生，绝不纵容。最后数学老师又把目光定格在叶子脸上。

叶子孤零零地站在座位上。叶子感到被羞辱到了极点，她对数学老师的愤怒也到了极点。但她只有克制着自己，她不敢发怒，不敢反抗。同学们偷偷地看她，打量着她，目光里流露着同情和怜悯。

在全班同学面前出丑亮相啊！站在那里，叶子越想越觉得丢人。她清秀的小脸显得有点苍白，屈辱和痛苦叫她永世难忘。她真不知道，自己这样站着能否支撑到下课，她有种马上要瘫痪下去的感觉。但她还是坚强地挺直着腰背，像棵任性的小杨树，固执地一动不动，可她的心却好痛好痛，这痛都变成了对数学老师的恨。在叶子有生以来的十三年里，她一直在爸爸妈妈爱的哺育下成长，像这样的屈辱，从来没有过。

叶子想，等放学回家，她要把实情告诉妈妈，请求妈妈给她换一所学校。她敢保证，妈妈知道了他所受到的屈辱，一定会想办法帮她离开这里。

她真的是这样惩罚你的吗孩子？妈妈一脸愤慨地听完叶子的哭述。

是的妈妈，我绝对没说谎。叶子可怜巴巴地看着妈妈。

妈妈你帮我换一所学校吧！我再也没有脸见我的同学，没脸走进那所学校了，那个地方太让我伤心了。说到这儿，叶子气愤了，说，妈妈，数学老师简直就是一个巫婆！

孩子，你不能这样骂老师，你违反了纪律，理应受罚。妈妈的话仿佛一石激水，叶子一下爆发了，对妈妈大声哭喊道：妈妈，你知道当着那么多同学的面我是多么无地自容吗？是我错了，我可以给老师给同学认错。可老师不该无视一个女孩子的自尊啊！

看到女儿伤心地为自己辩解，妈妈哎了一声，改变了态度，顺着叶子说：是的孩子，妈妈懂你的心，你说得有道理。此时此刻妈妈明白，用温柔的母爱来抚慰女儿的创伤，比批评更有效。

妈妈，求求你，帮我换一所学校吧，倘若不给我转学校，我再也不上学了，我以后就在家给你们做饭，干家务，当小保姆照顾你们。叶子向妈妈表明自己的态度。

妈妈说：你的数学老师，在教学上是最优秀教师的，她对学生严格要求，但是对于感情和道德却往往忽略了，她那恶劣的坏脾气，真是缺乏做老师和品质啊。孩子，我从不赞成老师体罚学生，尤其是女孩子，我更不相信你数学老师的这种教育方式会比态度温和的教育方式更有益。妈妈知道，此时她说什么女儿都听不进去，不如就用这个办法吧。她想了想说：好吧孩子，妈妈尊重你的要求，等一会儿我去你爸爸的办公室找他，商量一下，看给你换哪所学校更合适。

叶子一下振奋起来，脸上露出了难得的笑容，说：妈妈，你一定要给爸爸好好商量，爸爸只要同意了，转学的事就能办成。爸爸的好同学张浩叔叔可是咱们这儿的教育局长，张浩叔叔只要开口，保准能给我转个好学校。

妈妈说：是的孩子，我也这么想。你放心，爸爸会答应你的，因为你是爸爸妈妈的心肝宝贝呦。爸爸若知道你今天被老师这样羞辱，他一定会很气愤的！

是的，叶子的确是爸爸的心肝宝贝，爸爸把叶子放在嘴里怕化了，捧在手里怕摔了。只要叶子高兴，爸爸就高兴，叶子不高兴，爸爸也不快乐。叶子知道妈妈说的是真话。

妈妈的理解和信任，也使叶子内心的痛苦得到了缓解，叶子心里舒服多了。下午叶子没去上学，她再也不愿走进那个学校，走进那个叫她不堪回首的教室，她宁愿一辈子不上学。

叶子信心百倍地等待妈妈的好消息，准备到新的学校上学。她发誓，到了新的学校，一定要克服缺点，做一个好学生。

果然，快吃晚饭的时刻，妈妈回来了，妈妈从爸爸那里带来了好消息。爸爸工作忙，每天总是很晚才回家。妈妈对叶子说：爸爸已经通过张浩叔叔给她找好了新学校，再过三天，也就是下星期一，你就可以到新学校正式上学了。

妈妈说：你的数学老师恐怕要倒霉了，我把她怎么体罚你的事给你张浩叔叔说了。你张浩叔叔说，他要责令你们学校的领导，对数学老师这种教育方法进行批评。并对她"优秀教师"的称号重新评估。很可能，学校领导要找你，调查数学老师对你造成的心理伤害。

妈妈的话一下让叶子愣住了，叶子没有妈妈想象的那样高兴。叶子轻轻地说：妈妈，这样对我的数学老师是不是不公平？

妈妈说，管他什么公平不公平，只是能让我们的叶子出气就行了！

叶子看妈妈这么说，就低着声音说：妈妈，我，我，我不换新学校了，我还是在这个学校上学。还是要做数学老师的学生。

妈妈有些吃惊了，但妈妈内心却是什么都明了，她知道，叶子中计了。她故意吃惊地看着叶子，问：为什么孩子？为什么不换学校了，你张浩叔叔已经给你调换好了呀。

叶子说：妈妈，如果我换了新校，数学老师一准被学校批评，若是数学老师的"优秀教师"称号被学校取消，那可就更糟糕了。

妈妈说她糟糟她的，咱不问。咱只要高兴就行！

叶子说：妈妈，人不能这样自私啊！再说了，数学老师是一个很要强，很爱面子的人，她很难接受如此难堪的结果，她会很痛苦的。

妈妈被叶子突如其来的宽容感动了。妈妈问：孩子，难道你不记恨数学老师了吗？难道你忘了数学老师给的屈辱和伤害了吗？

叶子轻轻摇摇头，说：妈妈，你可能不了解数学老师的家庭情况，我们数学老师好可怜，她儿子患有"自闭症"，今年都十三岁了，和我一般大的，生活还不能自理。我想，数学老师的坏脾气都是被他儿子急出来的。妈妈，我以后好好听课，遵守纪律，认真学习，不叫数学老师上火，数学老师就不会惩罚我了。你说对吗，妈妈？

妈妈点点头，怜爱地看着女儿，此时女儿的眼睛是那么晶莹，那么纯洁。

我把玫瑰献给你

  这个花店，面对着繁荣的大街，而我办公室的窗口正对着花店。看着满眼的绚丽，我的心里也装满了缤纷。当那五颜六色的花朵随风摆动，一阵阵花香迎面袭来，我纷乱的心绪立刻如水般清净。时间久了，和花店老板成了熟悉的朋友。工间休息时，我常到他这里喝杯茶，聊会儿天，放松放松紧张的情绪。我把花店当成我的港湾。花店老板三十岁，十分健谈。每次见到我，都会把当天店里进了多少花，增加了哪几个品种，减少了几个品种，哪种花最近最抢手等——指给我看。此刻花店老板刚摆放好花架，整理完刚修剪好的花枝，坐在茶桌旁喝茶。每次见我来，他都要给我倒一杯，端到我面前，他总是这样彬彬有礼。今天，当他像以往一样起身给我端茶时，当啷一声，从他裤兜里掉出一枚硬币。那枚硬币是个菊花，掉在地上，没停止脚步，骨碌碌在地上滚成一条线，仰面开放在了店门前的门脚旁。我欲上前走把那朵菊花拾起来。花店老板一把拉住我的胳膊，说：哎呀呀，别捡了，一枚硬币，不够弯腰的钱。

  他的话叫我难为情，我止了脚步，站在那儿，不好意思地瞅着那朵菊花在悄悄地开。这个时候正是放学时间，一个小女孩背着书包，慢腾腾地走过，她手里玩着一个折叠的小纸鹤。女孩看见了那枚硬币，那枚硬币像一颗闪亮的小星星，照亮了她的眼睛。她立刻蹲下身，用胖胖的小手捏起硬币，惊喜地看着花店的老板说：叔叔，是你掉的一块钱吗？老板并没立刻回答女孩的问话，他坐在茶桌边，呷了一口茶，瞅着女孩，说：嗯，是我丢的。

  女孩把小手伸给他，说，给你。

  老板说：我看你那么喜欢就不要了，送给你。

  女孩皱起小眉头说：是你丢掉的？你为什么不要？一元钱还能买不

少东西啊，比如能买一本算术本，能买两支铅笔，能买一只棒棒糖……

老板笑了，笑得很不屑，老板对我说，你看看现在什么世道了，连孩子都把一元钱看眼里，哎，真是金钱社会。我对老板笑笑，不知道是赞同还是反对，就没说啥，只是笑了笑。

老板转脸对女孩说：不要了，送给你。女孩说，是你的，你为什么不要？

老板有点不耐烦说，那是我扔掉不要的。

女孩有点打破砂锅问到底：你为什么要扔钱呢，你又不是傻子。

老板是真烦了，指着对面的一家小超市说：去去去，你爹才是傻子。快把那一元钱拿走吧，去那边买棒棒糖吧，不要在这里胡说八道。

女孩说，你不文明，你骂人！你不是个好孩子！

老板现在是有点讨厌这个女孩了，说：去去去，快走吧，你这孩子一点不叫人喜，快拿一元钱走吧，回家叫你爸爸妈妈拿这钱给你买嫁妆，不，不，你年纪太小了，不能给你买嫁妆，买房子去吧，买个大楼别墅，叫你全家人住。老板一边戏谑地对小姑娘，一边转过脸对我说，一看这孩子家里就是没钱的主，有钱家的孩子谁拿一元钱当个稀罕物，看她像得个宝贝似的，看到一元钱两眼都发光。老板叹气地摇摇头说，真是叫人悲哀。看着老板的神情，我说不出的讨厌。

小姑娘听出老板的话不是好话，就鼓起小嘴，瞪大眼睛，狠狠地白了老板一眼，哼了一声，攥着那枚硬币，转身走了。小小的背影在来来往往的人群里走得十分倔强。小姑娘走得很快，她直接去了花店偏对过的百货超市。

老板看着小姑娘的背影，指着对我说：你看，她真去买棒棒糖了！

小姑娘没有进超市，而是在超市门前的一个透明的有机玻璃箱子前停住了，那是一个慈善捐助箱。我看到小姑娘把那枚硬币投进了箱里，之后站在箱子前，看看里面有多少钱，看到里面有好多，她就很开心。然后继续走路，小书包在她背上快乐地一晃一晃的。我的心怦然一动。我特地向老板要了一朵玫瑰花，追上那个小姑娘。我恭敬地说，小姑娘，请你收下我的这朵玫瑰花，好吗？小姑娘看到是我，愣了，她扑闪

着大眼睛问,你,为什么要送我玫瑰花?我对他一笑,说,我非常喜欢你,因为你,非常可爱!小姑娘不好意思地笑了,说,玫瑰花是送给情人的,我又不是你的情人。我笑着说,你太小了,你只是小姑娘,如果你是大姑娘,我一定会把你当我的情人的,还会把你娶回家的!小姑娘又问,那,你现在有情人吗?我说,还没有,不过,我妈给我介绍了一个,那时我不知道该不该喜欢她。但是我现在知道了。是你让我知道的,谢谢你,小姑娘。

小姑娘纳闷了说,是我?

我说是的,是你,你的举动,你的可爱,你的美好,你的善良。

我的话把小姑娘说得不好意思起来。我故意转换话题,问:你怎么想到,要把那枚硬币放到箱子里去呢?小姑娘说:妈妈说,这是善良的人奉献爱心的箱子。我故意逗她:什么人才是善良人啊。小姑娘说:你真笨,善良人都不知道,就是好人呗。我又问:谁能知道你是好人?女孩说:好人不用别人知道,好人自己知道就行。女孩又接着说:妈妈说做好事上帝也会知道。我说:我也会知道,你就是善良的孩子,是最好的孩子。女孩快乐地笑了,说:那你是上帝?我说我不是上帝,我要像你一样,做个上帝的好孩子!

女孩觉得我很可笑,小手捂着嘴嘿嘿地笑起来。我说你妈妈一定是个大学问家,是个大教授。不然,咋有你这么优秀的女儿呢?!女孩扑哧一下笑了,她自豪地说,我妈妈不是大学教授,可我妈妈知道很多事。我妈就在前面那条马路上扫街,我妈是扫地的,我都叫她:马路美女。我的心又一次打动了,我想快点离开小姑娘,因为我的泪已经潮湿了我眼睛。我怕她看见我眼中的泪花。我弯下腰,把玫瑰花送到她面前。小姑娘接过花,放在鼻子上嗅着:好香啊,她说,谢谢大哥哥,再见。我说应该谢谢你啊,然后我转身走了。我转身的当口,泪却从眼窝流出了。

第五辑

我们的孩子

山羊阿姨审白菜

金毛吃了大亏。

绞尽脑汁弄来的"神奇药粉",竟是瓶"痱子粉"。自己不舍得吃的大烧鸡,白白送给了大头狼。

耻辱啊!自己这是聪明反被聪明误!金毛越想越懊恼,就来到小河边散心。小河流水潺潺,河水清澈见底,水底的草儿青翠葱茏,随着水波轻轻荡漾,婀娜摇摆,美丽极了。

金毛无心看景,他心烦意乱,漫无目的地走走看看。前面河边的小路上,放着个竹篮子。金毛看看四周没人,走到跟前,篮子里装着一棵大白菜,两个大花菜,一把葱。好新鲜啊!看样子菜是刚摘的。

咦,这是谁的?

金毛朝远处看看。噢,他知道了,是乖乖兔的。乖乖兔正在不远处的河边洗脚上的泥。金毛的眼骨碌一转,点了点头:哼,我的大烧鸡,就用这个来弥补!金毛在心里暗笑了一下,他又伸长脖子看了看在河边洗脚的乖乖兔,心说:乖乖兔,对不起了!别怪哥哥,要怪你就怪大头狼吧!谁让他吃了我的大烧鸡呢!金毛看乖乖兔正洗得全神贯注,就偷偷地拎起篮子,悄悄地要走开。

金毛刚走开几步,后面就传来乖乖兔的叫喊:"金毛大哥——金毛大哥——,那是我的篮子,请你放下。"乖乖兔一边喊着一边追了过来。

金毛不得不停住脚了，眼珠一转，嗯，有了，就这样给乖乖兔说。他转过头，看着喘着粗气的乖乖兔，脸上一脸笑容，说："呵，是乖乖兔啊，你可是越来越帅了，你看你的小脸，白里透红，看来，最近过得不错吧？"

乖乖兔说："托你的福，金毛哥，我过得很好，你过得也不错吧？"

金毛想：我不错个屁，倒霉着呢！但嘴上却说："当然不错，我天天都快活着呢。这不，"说着，金毛用手一指篮子，说："我刚摘了一篮子菜，回家叫我妈给我炖肉吃。乖乖兔，你也跟我去吃吧，我请客！"

乖乖兔忙纠正："金毛哥，你搞错了，这是我的篮子，我刚从俺家菜园摘的菜，怎么会是你的呢？"

金毛脸一寒："什么？你的篮子？你家的菜？是你的为什么会在我手上？你这么老实的乖乖兔，什么时间学会了欺诈？"

乖乖兔以为金毛可能给他开玩笑，不然他不会这么说话。可看金毛凶巴巴的样子又不像。就耐着性子解释："金毛哥，这篮子真是我的。刚才我在菜地摘菜，踩了两脚黄泥，就把菜篮子放在这里，去河边洗脚去了。"

金毛嘿嘿一笑，三角眼转了一下，又转了一下。说："你说篮子是你的，你有凭据吗？"

乖乖兔说："这篮子明明是俺家的，篮子就是凭据呀。"

金毛就耍赖："你家的篮子为什么拎在我手上？难道是我从你家偷的？抢的？"

乖乖兔说："不是你偷的，也不是你抢的，可确实是我家的。"乖乖兔知道金毛耍赖，想给他讲理，却又讲不清楚，急得他不知说什么好。

金毛指着乖乖兔说："我警告你，你不要不讲理，既然不是我偷的，也不是我抢的，这篮子、这菜就是我的！"

乖乖兔有口难辩，还反叫金毛倒打一耙，一着急，哭了。

金毛故意弄出扬扬得意的样子，昂着头，吹着口哨，拎着菜篮子，要走。

乖乖兔一步冲上前，双手拽住篮子，哭着说："你不能走，你不能走，你把篮子还给我，我妈妈在家还等我回去烧菜呢！"

金毛说："你妈妈等你回家烧菜，我妈也等我回家烧菜呢！我最爱吃我妈烧得肉炖大白菜！"

乖乖兔哭得鼻涕都下来了，说："金毛，你欺负人，你太欺负人啦，你欺人太甚！怪不得大家都不跟你玩，都说你霸道，说你坏，以前，我还不信，原来你真是这样啊！"

乖乖兔骂金毛，金毛没生气，反倒软和下来说："好吧，乖乖兔，你别哭了，我把篮子还给你，好吗？"金毛说着，把篮子递到乖乖兔面前。

金毛变化之快，把乖乖兔搞得一头雾水。乖乖兔伸手去接，金毛一缩手，又把篮子收回了："不过，给你篮子之前，我有一个要求。"

"什么要求？"

"你喊一声，篮子，篮子，看篮子答应你吗，要是答应，就是你的，我立刻就给你，要是不答应，篮子还是我的，你不能再给我夺，就放我走。"

乖乖兔一听，金毛这是明显地欺负他，就气愤地以牙还牙："你耍赖。你喊篮子，篮子能答应吗？不能答应你就快还给我！"

金毛嘿嘿一笑，立刻把手放到耳朵上，做出一个倾听的姿势，嬉皮笑脸地说："篮子，篮子，我喊你了，你听到了没有？回答我。"他又对乖乖兔说："篮子答应我了，你没听到吗？这篮子是我的了！"

乖乖兔的肺都气炸了，打他打不过，说也不是他的对手，此时，他委屈得只是不停地流泪。他用手指着金毛的鼻子骂："金毛，你耍赖皮!，你无耻！"

金毛眼一瞪："乖乖兔，你要再骂，我就叫你吃老拳。"金毛伸出拳头，在乖乖兔面前晃动着。

正在一旁路过的山羊阿姨看到了，喊道："怎么回事？别打架！不

要打架,我的孩子——。"山羊阿姨一边喊着,一边跑过来。

山羊阿姨手里拎着一个花布包裹。原来,山羊阿姨去槐树村,给山羊婆婆送她缝制的棉衣,从这里路过,正好看到金毛朝乖乖兔挥拳头。

山羊阿姨来到他俩跟前,批评金毛:"你们都是小伙伴,不论是谁的错,都不能出手打人,伤着身体怎么办?!"

金毛自己理屈,用眼看了看山羊阿姨,没吭声。

山羊阿姨问:"你俩究竟发生了什么事,非要用武力来解决啊?"

乖乖兔好委屈,抽抽噎噎哭起来:"山羊阿姨,金毛他是强盗,他抢了我的菜篮子,还有菜。"

金毛看乖乖兔告状,忙狡辩:"山羊阿姨,你别听乖乖兔瞎说!你来得正好,不然我可要背黑锅了。"说着用手指了指竹篮子说:"这菜是我的,是我从俺家菜园刚摘的。乖乖兔硬说是他的,这不是明显地诬陷我吗?"

山羊阿姨纳闷:"金毛,你不是只吃肉,从不吃青菜的吗?我也没听你妈说过你家有菜园啊?"

金毛一阵心慌,怕被山羊阿姨戳穿,忙解释:"可能,可能我妈忘了告诉你,我们家有菜园了,是最近开垦的,山羊阿姨。"金毛觉得解释得不够清楚,又说,"山羊阿姨,我原来是只吃肉,不吃青菜,可我妈硬叫我吃,说要想身体棒,就得荤素搭配,饮食平衡。"

乖乖兔抓住金毛的破绽,质问道:"你家的菜园在哪里?领我们去看看!"

金毛的脸一红,心发虚,硬着嘴说:"好,我领你去看。可就怕你不敢去。你会过河吗?我家的菜园在河那边,要趟水过去,水很深很深,连人都能淹死,你敢去吗?"

乖乖兔说:"山羊阿姨,金毛他家根本就没菜园,他在狡辩,在骗你!"

山羊阿姨蹲下给乖乖兔擦了擦泪,说:"乖乖兔,我们宁愿相信金毛的话,相信他不是骗我们,好吗?"

乖乖兔点点头。

金毛太狡猾了。乖乖兔觉得，要想要回自己的菜篮子，给金毛硬顶不行，就温和地说："金毛，要是你把篮子还给我，我就带你去我家吃糖球。我妈妈在白菜地边上种了三棵山楂树，结了好多好多山楂，又红又大，昨天我妈妈摘了一大筐，正准备给我做糖球吃呢！要是你把菜篮还给我，我保证给你糖球吃，让你吃个够！"

金毛把嘴一撇，不屑地说："谁稀罕吃糖球，那么酸，我最讨厌吃那玩意！"

山羊阿姨很有兴致地问："乖乖兔，你家菜园里种了山楂树？"

乖乖兔说："是啊，种了三棵山楂树。山楂红得像玛瑙。"

山羊阿姨又问金毛："金毛，你家菜园种山楂树了没有？"

"谁稀罕种，我最讨厌吃山楂了。吃一口，酸掉牙。"金毛说着，口水流了出来。

山羊阿姨笑了："金毛，能把你的篮子给我看看吗？"

"你随便看好了。"金毛说着把菜篮子交给了山羊阿姨。

山羊阿姨把包裹放在地上，从篮子里拿起一棵大白，托在手上，他用手拨拉着白菜叶子，看了一会，脸上露出了笑容。

金毛纳闷："山羊阿姨，大白菜有什么好看的。"

山羊阿姨对金毛眨了一下眼，像是开玩笑，又像是说真话："我要审问大白菜！"

"审问大白菜？"金毛眼瞪大了。

"对，审问大白菜，给你们破案。"

"山羊阿姨，你又不是大头狼的舅舅狼有才，你会破案？"乖乖兔问。

山羊阿姨点了点头："我会，我也会像狼有才那样破案。"

金毛不信，认为山羊阿姨是说着玩。可即便说着玩，金毛有点怕。又一想，也没什么可怕的：白菜长得都一样，乖乖兔家的白菜也没什么特别，又不是小孩子，一眼能认出是谁家的。

山羊阿姨又把白菜托在手上，翻书页似的一片一片掰着白菜帮看。看后，然后把白菜放在金毛和乖乖兔的跟前，说："这个菜篮子是谁

的，大白菜会告诉我。"

大白菜会开口说话？他又不是动物。金毛想，山羊阿姨这是胡说。我倒要看看，大白菜怎么开口说话。就说："山羊阿姨，如果大白菜真的开口说话是乖乖兔的，我马上把这篮子菜送给乖乖兔！"

山羊阿姨说："你说话可算数？"

金毛说："我金毛男子汉大丈夫，说话算数！要是大白菜不说话呢？"

"要是大白菜不说话，我就把我的这个花包袱送给你！"山羊阿姨说着把花包袱放到了金毛的跟前。

乖乖兔有些担心，就在一旁一个劲地拉山羊阿姨的胳膊。山羊阿姨对乖乖兔说："乖乖兔，不要怕，大白菜会开口说话的！"

看山羊阿姨这么肯定，乖乖兔不再说什么了，可是，他从来没听说过大白菜会开口说话呀。

山羊阿姨说："好，你们都不要说话，我现在就要开始审问大白菜了！"

金毛和乖乖兔都看着山羊阿姨。

山羊阿姨平静了一下自己说："大白菜，你今天一定要实话告诉我，你到底是谁家的？噢，什么，让我再问问他们两人？好，我就再问问。"

山羊阿姨抬起头，神色严肃地问金毛："这白菜真是你家的吗？"

金毛想，你山羊阿姨又想诓我，我才不上你的当呢！不论你用什么法子，我就是不承认我是偷挎乖乖兔的，我看你有什么法!就理直气壮地说："是，是我家的。"

乖乖兔说："山羊阿姨，金毛他撒谎！不是他家的！"

山羊阿姨说："乖乖兔，你不要急，大白菜马上就要说话了，是你家的还是金毛家的，马上就要见分晓！"

山羊阿姨又问大白菜："大白菜，他们两人都说是自己的，你快点告诉我，到底是谁的？奥，什么。你的答案在你的白菜帮里。什么，让我提起你的根，抖动一下，就是答案，就是你要说的话？"

山羊阿姨对金毛说："刚才大白菜说了，提起他的菜根，抖动一下，答案就出来了。金毛，你的力气大，你来做！"

金毛就按山羊阿姨说的做了。抖动了几下白菜根，从白菜叶子里抖出一些树叶。看着树叶，山羊阿姨对金毛说："金毛，山羊阿姨可要主持公道了。这白菜不是你家的，是乖乖兔家的。"

金毛说："为什么？你有什么证据？大白菜什么时候说话了？"

山羊阿姨手指树叶说："这个从白菜里掉出的树叶就是大白菜说的话。金毛，你看看，这个树叶是什么树上了吗？"

金毛看了一会说："是，是山楂树叶。"

山羊阿姨说："山楂树叶就是证据。"山羊阿姨从地上拿起一枚山楂树叶，接着又拾起一枚说："金毛你看，这是山楂树的树叶，脱落的树叶掉到白菜帮里，被包裹住了。乖乖兔家的菜园里种着山楂树，显然就证明了这白菜是乖乖兔家的，不是你家的。还有，你说你家的菜园开在小河边上，那里的土，是沙土。乖乖兔家的菜园在山下，那里是黄土，你看，这菜根上粘的都是黄泥，而不是沙土，由此可以断定，这篮子菜式乖乖兔家的！"

金毛被山羊阿姨说得哑口无言，看了一眼山羊阿姨，耷拉下头，说："山羊阿姨，我，我错了！"

乖乖兔开心了，他把菜篮子提到自己跟前，恭恭敬敬给山羊阿姨鞠了一个躬，说："谢谢你，山羊阿姨，你的智慧终于让真相大白，物归原主。"

金毛脸红地对乖乖兔说："乖乖兔，对不起。"

看着金毛，乖乖兔哼了一声，表示不接受他的道歉。

山羊阿姨语重心长地说："乖乖兔，虽然金毛错了，但你不要计较他的过错，要宽宏大量，仍把他金毛当朋友。懂得原谅别人、包容别人，快乐就会在心中，散发出芳香。"

乖乖兔使劲点点头说："我记住了山羊阿姨，你说的对。"

山羊阿姨又对金毛说："金毛，要做一个好孩子，首先要诚实、友

好。撒谎是不道德的行为。撒谎，会使你失去朋友。没有朋友，孤孤单单，多么痛苦啊？你说是吗？"

金毛点了点头，说："我以后再也不会这样了！"

山羊阿姨说："那样才是一个好孩子！走，咱们一起送乖乖兔回家！好吗？"

金毛说："好。"

金毛从乖乖兔手上夺下篮子说："乖乖兔，来，我给你挎着！"

乖乖兔有些不放心。就看山羊阿姨，山羊阿姨说："没事的，你就让金毛挎吧！"

金毛挎着菜篮子，和乖乖兔山羊阿姨一起向乖乖兔家走去……

被退学的小皮猴

一

小皮猴被班主任老师从学校撵回家了。

班主任老师叫玲玲，是一位年轻漂亮的长颈鹿。

小皮猴对着玲玲老师一跺脚，说：不叫上，就不上！我还不愿做一个不合格老师的学生呢！说完，就收拾一下，背着书包回家了。

不是放学的时候。小皮猴怎么背着书包回家了，猴妈妈问怎么回事？小皮猴说：我炒了老师的鱿鱼了！

猴妈妈急坏了，问小皮猴为什么？你到底犯了什么错？为什么老师

不准你上学?

小皮猴一肚子气,说:我没错,是老师错了。到底她为什么这么做,你只有去问她,我怎么不知道!

猴妈妈用手指了一下小皮猴的额头,气狠狠地说:你一准犯的是大错。走,跟我去学校,我去问老师,到底你干了什么坏事?我不会饶了你!

猴妈妈换上她好看连衣裙,围上真丝丝巾,拉起小皮猴的手就出门了。

走在路上,猴妈妈心里乱七八糟。她想:小皮猴要是真的不能进学校,以后他怎么学知识、受教育,怎么能成长啊!这可不是小事啊!

小皮猴倒没什么不安,心想:不去上,正好。我最不喜欢班主任玲玲老师的那张脸,凶巴巴的。像别人欠她二百似的。脾气也暴躁,对他和同学们一点也不和气,也不温柔。

看小皮猴那个快乐样,猴妈妈就气不打一处来。真是少年不知愁滋味!就生气地说:被老师撵家走了,你看你高兴的!你这么大了,咋就不理解大人的心情啊!之后又交代小皮猴:快到学校了,好好想想,见了老师怎么给赔礼道歉,好让老师重新收下你!

二

看校门的老爷爷很慈祥,给他小皮猴娘俩打开大门旁的一扇小铁门。猴妈妈在一个记事簿上签了名,就进校园了。

猴妈妈牵着小皮猴的手,来到了玲玲老师面前。看到小皮猴,玲玲老师瞪着大眼睛,连忙给猴妈妈摆手:对不起,我不能收下你儿子,你们回吧。我教不了小皮猴,我们这个学校也教不了他,你还是另找学校,另请高明吧!

玲玲老师当面这几句,说的猴妈妈恨不得找个地缝钻进去,可为了小皮猴,猴妈妈只有一个劲赔笑脸,检讨自己教子无方,并恳求玲玲老师再给小皮猴一个机会。

可玲玲老师态度十分坚决，把手摆得向风中的树叶：说不要他就不要他！你就是给我磕头也没用！我绝对绝对不要他这种学生！

猴妈妈看玲玲老师如此坚决，料定小皮猴准犯了不可饶恕的大错，便小心翼翼问：玲玲老师，小皮猴到底犯了什么过错，你能告诉我吗？

玲玲老师不肖地瞥了猴妈妈一眼：什么过错？过错大了！玲玲扳着手指开始数了：先说前两天的事吧。上课不坐在板凳上，站着，脖子伸得老长往窗外看。我喊了他两声，他装着没听见。引得全班同学都站起来跟着他伸头往外看。你说我还有法上课吗？他呀，是标准的一颗老鼠屎坏了一锅汤！

猴妈妈听了气狠狠地用手指点了一下小皮猴的额头，问：你上课不看老师，不看黑板，直盯着窗外干什么？！

玲玲老师接着说：你绝对猜不到，你儿子接着又做了些什么？

猴妈妈问：又做了什么？

玲玲老师说：他竟然踩着板凳上了窗，爬到窗户对面的树上去了。

怎么，小皮猴爬到树上去了？

小皮猴忙申辩：我上树是为了救鸟巢的蛋！我必须保护它们！

你还狡辩！玲玲老师勃然大怒：在课堂上，你必须听老师的。否则，都是破坏课堂纪律的行为！都是绝对不允许的！

小皮猴看着玲玲老师那气愤的样子，把头扭向一边，不愿搭理。

猴妈妈沉思了一会，问小皮猴：就是你带回家的那两枚鸟蛋吗？

小皮猴点点头。

猴妈妈点了点头，然后微笑着给玲玲老师介绍：老师，小皮猴爬窗上树的事我知道，他回家都告诉我了。那天刮大风，鸟巢架在树枝上，被风吹得不停摇晃，眼看鸟巢就从树枝上刮掉，小皮猴上树，是为了救那两只鸟蛋啊。幸亏小皮猴身手敏捷，冒着危险爬上树冠，把两只鸟蛋救下了，他刚下树，树枝就被大风吹折了！

猴妈妈不但不批评小皮猴，反倒替儿子说话，夸奖儿子，玲玲老师脸气得小脸通红：你简直太不会做家长了！小皮猴把老师的尊严放哪里去了？哼，我班上绝对不允许有这样一个无组织、无纪律的坏学生！

猴妈妈说：小皮猴违反课堂纪律，影响其他同学听课，确实该批评。可也不能说他是坏孩子啊。再说了，他是为了救鸟蛋，才上树的!

哼，你袒护你儿子吧，他会被你惯坏的！反正我不喜欢他。爱出风头，爱给老师出难题，我给同学出了一道数学题：树上有十只麻雀，打死了一只，还剩几只？别的同学都答对了，唯独你儿子独出心裁，乱答一气。

猴妈妈问：小皮猴爱动脑筋啊，怎么乱答呢？

玲玲老师瞥了一眼小皮猴：你自己说吧，我懒得说。

小皮猴翻动眼皮，看了妈妈一眼：树上有十只麻雀，打死了一只，还剩一百只。

哈哈，真是可笑！怎么会有一百只？玲玲老师说。

小皮猴喃喃自语：我没乱答错，老师可笑！

什么？我可笑？

是，是你可笑。十只麻雀，打死了一只，当然会有一百只。

玲玲老师看着猴妈妈，手指小皮猴说：听到了吗，这不是胡乱答？怎么能剩一百只？怎么剩也不会有一百只？！

猴妈妈对玲玲老师的态度不以为然，她问小皮猴：你把怎么得出一百只的结果告诉给妈妈，好吗？

小皮猴点点头，说出了原因：一只麻雀被打死后，剩下的九只麻雀非常悲伤，它们又召唤来了九十一只麻雀，形成了庞大的报复团队，把打死麻雀的人吓死了。所以说，打死一只，树上还有一百只。

玲玲老师听了讥讽地说：你这哪是解数学题，简直是编故事。我不给你们浪费我的时间了，我要备课了，你们走吧！

猴妈妈看玲玲老师的脸冷硬得像石头，她清楚，无论说什么，都不可能打动她，只好领着小皮猴走出了玲玲老师的办公室。

三

猴妈妈和小皮猴从玲玲老师办公室出来后直接去了校长办公室。

校长办公室在一座独立的小竹楼上,要上十几个台阶,再推开一扇锃亮的玻璃大门。猴妈妈牵着小皮猴的手上台阶,迎头遇到校长。校长本来要出门办点事,看见小皮猴娘俩来,十分热情,把她娘俩让到了自己的办公室。

校长是玲玲老师的爸爸,老长颈鹿。校长瘦瘦的,头发全白了,微微有点驼背,但精神奕奕,老当益壮。

校长和蔼可亲,没有架子,一点没有玲玲老师那样的冷漠和傲慢。猴妈妈放下了悬着的心。

猴妈妈给老校长鞠了一个躬,恭敬地说:校长先生,我想给您谈谈我儿子小皮猴的事。

老校长先给猴妈妈倒了一杯水,然后坐到猴妈妈对面的椅子上,说:你先坐猴夫人,别着急,慢慢说。我会认真听你说的。

猴妈妈说:校长,我儿子小皮猴是玲玲老师的学生,可在刚出不久被玲玲老师勒令退学了。孩子想继续在这个学校学习。再说了,他哥哥大皮猴,他的小伙伴豆豆羊、慢慢龟,都在这儿上学。他们一块来,一块走,我都放心。拜托您,留下他吧。

校长微笑着说:小皮猴的事我知道。你放心,我是校长,每一个学生都是我的孩子。

猴妈妈长出了一口气,说:那,小皮猴……

你如果不送小皮猴来,我正打算去你们家接呢!校长说:学校要对每一个孩子负责,不能随便勒令哪一个孩子退学。玲玲老师自作决定,对这件事处理的极不合理,学校正准备对她进行批评呢!

小皮猴在一边看着慈眉善目的老校长,很温暖。心想:这回我一准能上学了,妈妈不用再为我上学的事担心了。

听校长这么说,猴妈妈有些羞愧,放低了声音说:谢谢您校长,我也要加强对小皮猴的管教。

老校长拉过小皮猴的手,抚摸着他的头,说:小皮猴,跟你商量个事,好吗?

小皮猴说:好啊,校长爷爷,我听您的。

校长说:你让妈妈回家,我送你去教室,和同学们一起上课,好吗?

小皮猴乐的一下跳起来,惊喜地问:校长爷爷,真的不开除我了!真的叫我上学了?

校长说:你是个好孩子,学校怎能开除你呢。是玲玲老师错了,我要做她的思想工作,叫她给你认错呢!

听校长这么说,小皮猴真想亲他的脸,可校长太高了,小皮猴跳了两下也没够着。校长乐得哈哈大笑。

小皮猴忽然想起一件事:校长爷爷,我有个请求。

校长说:你说吧,把你想说的话都说出来。

小皮猴说:我想,我想跟妈妈一起回家。

校长疑惑:为什么?难道你不想上学?

猴妈妈更急了:小皮猴,难道你要气死妈妈?

小皮猴说:你们都想错了。我先回家看看那两只鸟蛋怎么样了。早上我听见鸟蛋有破壳的动静,我猜,小鸟今天就要出生了。

校长笑了:好孩子,有一颗善心比金子都可贵。我批准你的请求。

小皮猴对校长爷爷说:等小鸟生出了,我就把它放回大自然,大自然是小鸟的家,也是小鸟的学校,我要上学,小鸟也要上学,我们都要学知识啊!

校长爷爷伸出大拇指,对小皮猴点了点头:好孩子,你说的对!

猴妈妈看着小皮猴,长长舒了一口气,欣慰地笑了。

蜜蜜羊的伤心事

这天下午,蜜蜜羊从外面回来,手里拿着一个小纸盒,急匆匆往自己房间去,样子很神秘。

蜜蜜羊的样子引起了姐姐甜甜羊的好奇。她跟着蜜蜜进了房间,问:蜜蜜,你手里拿的什么?说着伸长脖子看了看盒子。

是增白霜。

蜜蜜看姐姐的样子,很气愤,说:你别管别人的闲事,好吗?你不应该乱管别人的事。

蜜蜜用这种说话的方式,让姐姐甜甜羊很难受。她感觉自己的好心受到伤害,说:蜜蜜,如果我也用这种方式给你说话,你心里是什么感觉?

蜜蜜才不管那一套,她觉得甜甜是有意给她过不去,生气地说:你如果不那么爱管人家闲事,你就不会自找难受了!

看到蜜蜜这么不通情理的样子,甜甜知道她该好好地给妹妹说一说了:蜜蜜,你最近对谁都这么蛮横,即使对最疼爱我们的妈妈,你也是用这种口气。难道你没意识到你这样做非常错误吗,让妈妈很伤心吗?

请闭上你的嘴,好吗?你以为你长得白,长得比我好看,长得臭美,就有权利来教训我,是吗?我才不吃你那一套!这是我的房间,请你赶快离开!蜜蜜的样子很凶,凶得有些吓人。她连推带攘把甜甜推出自己房间,"彭"的一声把门关上了。

甜甜气得眼泪出来了,她指着蜜蜜房间的门,大声嚷道:你真是个恶毒的女孩!

山羊阿姨听见了甜甜和蜜蜜的争吵。山羊阿姨正在门前的小院里修剪花枝。姐妹俩吵嘴是很正常的事,她也没往心里去,也没进屋来劝架。再说了,两个女儿吵架,这个时候去劝说,不起作用的,因为两个女儿都在气头上,说谁反倒是火上浇油,不如让她们吵出来,把怨气都发泄出来。还有最主要的,就是山羊阿姨了解两个女儿的脾气,她明白甜甜和蜜蜜之间的感情,即使姐妹俩吵得再凶,过不一顿饭的时间,风波就会自动平息,两人又会重归于好。

　　这次姐俩吵架,山羊阿姨看得很清楚:错全在蜜蜜羊身上。

　　山羊阿姨已注意到:最近几天,蜜蜜羊神色不对。要么把自己关在房间里生闷气;要么见谁都想发火。

　　蜜蜜原来不是这样的啊!她温顺、善良、有修养,体贴妈妈,疼爱姐姐和弟弟。山羊阿姨开始以为蜜蜜羊的这种坏心情一两天就能好。可好几天了,还是这样。山羊阿姨开始为蜜蜜担心了,因为不良的情绪长期压抑在心中,得不到及时疏导,会为其所害的。山羊阿姨暗暗地想:一定要查明蜜蜜烦恼的原因。

　　山羊阿姨走进屋来,看到甜甜站在那里,一副委屈相,就小声安慰:我知道你受了委屈,我的孩子,可那是你的妹妹,你要原谅她,好吗?

　　甜甜体谅妈妈的用心,她用手擦干眼泪,笑着安慰妈妈:对不起,妈妈。我没想到蜜蜜心情这么差,否则我不会这么没理智的。我现在想通了,是我不对,我漠视她的心情,惹怒了她。其实昨天晚上,我就看到蜜蜜晚饭只吃了一小口,一直在抱着她的布娃娃。看她的表情,好像受到了很大的伤害。仿佛只有布娃娃才是她的安慰。

　　山羊阿姨皱着眉头问:你妹妹心情这么糟,是因为什么呢?

　　甜甜忽然想起什么,轻轻惊呼道:妈妈,我知道蜜蜜痛苦的秘密了!

　　妈妈定定地看着甜甜。

　　甜甜说:妈妈,我刚才看到蜜蜜手里拿着一瓶增白霜,还挖苦我,说:她长得黑,长得丑就该受我的气吗?我断定,她准是因为自己的长相才痛苦的。还有,昨天上午,你领着弟弟去姥姥家了。蜜蜜坐在镜子前整整一上午,还避着我偷偷抹眼泪,一个劲地说自己命不好,妈妈为什么把她生得这么黑，像黑炭，让别人取笑。

甜甜的话，启发了山羊阿姨，她点了点头。就在心里埋怨起自己：我对孩子太不负责了。为什么不早一点了解孩子的心思，帮助孩子化解成长的烦恼，而非要等到现在呢？

蜜蜜羊长得的确黑。刚生下来的时候，真的跟炭球一样，黑得浑身油光放亮。山羊爸爸看着山羊阿姨怀里的这个小姑娘可乐坏了，自豪地对山羊阿姨说：在我们家族里，这样一身黑的小家伙可不多见啊，你瞧，她黑的多漂亮啊，黑葡萄样的眼睛，黑绸缎样皮肤，黑黑的小脚丫，黑得好高贵好骄傲，像个霸道的小公主。山羊爸爸乐得大嘴咧到耳根后，幸福和甜蜜在他脸上荡漾。山羊阿姨就征求山羊爸爸：这个可爱的小姑娘就叫蜜蜜吧！我们有了一个甜甜，现在又有了个蜜蜜。山羊爸爸点点头，说：好，这个名字好啊，我们每天的日子都甜甜蜜蜜啊！

山羊阿姨知道：山羊爸爸和她皮肤都是白白的。蜜蜜遗传了山羊奶奶的基因，因为山羊奶奶是一只黑羊。

山羊阿姨轻轻推开蜜蜜的房门。

蜜蜜羊看妈妈进来，眼泪哗地流出来，她哭着埋怨妈妈：你不公平！为什么给甜甜白雪公主的容貌，却把我生的这么黑，这么难看像个大煤球！

山羊阿姨在蜜蜜羊身边坐下，她用手给蜜蜜擦去了脸上的眼泪，问：我的孩子，黑就丑吗？黑就不美了吗？

不美！像姐姐那样白皙，才美！

山羊阿姨笑了，继而严肃下来说：我的孩子，美，不在肤色，而在内心。在于心灵；只要心美，长得黑长得白，都漂亮都好看。

蜜蜜就摇头：不是这样的，妈妈，我的心灵美，可为什么有人说我丑？不喜欢我，我好痛苦。蜜蜜说着眼泪又流出来了。

山羊阿姨听了眉头一皱，问：噢，谁说你丑？说你不好看？能告诉妈妈吗？山羊阿姨给蜜蜜擦去眼泪。

蜜蜜羊从书包里拿出一张小纸条，说：不知是谁塞到我书包里的。

山羊阿姨接过纸条，展开，看后，轻轻笑了。

纸条上写着：蜜蜜羊，丑又黑，白天看，吓出病，夜晚看，要我命。

妈妈问：谁写的？

蜜蜜摇摇头：不知道，不知是谁塞我书包里的。可能是我们班调皮的男孩子吧。

山羊阿姨问蜜蜜：你认为自己丑吗？

蜜蜜生气地说：不，我从来都不认为自己丑。他们才丑呢，嘲笑人的人才丑呢！

对啊孩子，嘲笑别人的人才叫丑。品德远比外表更宝贵，有些人虽然长得不漂亮，却因为他的善良令人尊重。再说了，一个人长得什么样是无法改变的，但是，成为什么样的人可是自己决定的啊！

蜜蜜羊似乎听懂了妈妈的话，她点了点头，说：妈妈，我是个善良的孩子，可为什么还有人写纸条嘲笑我呢？

他们嘲笑你，是因为他们现在小，还幼稚。等将来长大了，他们就会改变自己的看法，而喜欢你。

山羊阿姨的话很奏效。蜜蜜紧皱的眉头渐渐展开了。

真的吗妈妈？他们长大了，真的会喜欢我？

山羊阿姨点点头：等他们长大了，就会看到你的善良，你的美德，就会看到一个人身上真正美好的东西是什么。

蜜蜜似懂非懂地点点头。她真希望嘲笑她的同学能快点长大。

看蜜蜜已经走出了情绪的雾霾，山羊阿姨抚摸着蜜蜜的小脑袋，轻声说：蜜蜜，妈妈给你讲一个故事，好吗？

蜜蜜最爱听妈妈讲故事。她眼睛里顿时闪出亮光，睁大眼睛等待妈妈给她讲。

山羊阿姨说：有一个哲人，他拿着一块光闪闪的金子，问过往的行人谁想要。很多行人都伸出手来。可哲人却把金子扔到地上，然后用脚在金子上踩。金子被踩脏了，沾满了泥土。哲人捡起这块金子，又问路人：谁还想要？可还是有很多人伸出手来要。这位哲人说：大家都看到了，这块金子的价值并不在于他身上是不是有泥土；是好看，还是不好看，而在于他的价值就是一块金子。

蜜蜜点了点头说：妈妈，我懂了，只要我们自身是有价值的，就会活得有意义。没有人瞧不起你，只有你自己；没有人能打倒你，除了你自己。是吗？

山羊阿姨点点头，欣慰地笑了。

这时，甜甜羊推门进来了。妈妈和蜜蜜的话，甜甜全听到了。甜甜用钦佩的目光看着妈妈。

甜甜看到妹妹的情绪比刚才好多了，愁眉展开了，心情也随之舒畅起来。她上前握住妹妹的手说：蜜蜜，不要在意别人嘴巴，而忽视了我们所拥有的幸福。当我们不如意时，要想想我们拥有的快乐有多少。我们有健康的身体，有爸爸妈妈的爱，有姐弟三人的亲情，有好看的衣服，有好吃的饭菜，有花园里妈妈种的那些美丽的花。妹妹，满足是最快乐的事！

蜜蜜对着姐姐重重地点了点头。甜甜接着说：那样，你就不会在意别人的恶作剧了，自然他们也就会被你的宽容所折服，就会感到自讨没趣了！

妈妈，你看蜜蜜的大眼睛多么动人，睫毛像丝线一样好看！甜甜惊呼道。

山羊阿姨说：是啊，蜜蜜，你的睫毛真的很好看，笑一笑，笑容会令你美丽的大眼睛更加妩媚！

蜜蜜被妈妈和姐姐夸得不好意思了，羞涩地笑了。接着，蜜蜜从抽屉里拿出刚才买的增白霜，送到甜甜手里，说：姐姐，给你用吧，我还是喜欢我本来的肤色，这瓶增白霜就送给你了，你用最合适！

之后，蜜蜜低下了头，不好意思地说：对不起，姐姐，我刚才对你太凶了，

请原谅我，好吗？

甜甜收下了妹妹的礼物，也不好意思地对蜜蜜说：该说对不起的应该是我，我是姐姐，应该处处照顾你，我刚才我无视你内心的感受，不该给你吵架！

山羊阿姨看着两个可爱的女儿重归于好，幸福地笑了。

乖乖兔玩迷藏

乖乖兔长得帅气，浑身雪白，一双淡红色的眼睛，水灵灵的，大家都叫他"小帅哥"。

乖乖兔长得漂亮，也很讨人喜欢。一遇见人，脸上就开着笑。他的脸上像开着永远的迎春花。

寒冷的冬季刚过，阳光就开始加温热了，这是一个明媚好日子。吃过早饭，小白兔遵照妈妈的话，走出家门，来到草地上晒晒太阳，练练速跑。

跑步，对兔子家族来说非常重要的功课。跑得快、慢，是至关兔子家族荣誉的大事。

草地好安静啊，没遇见任何人。小草嫩嫩的，绿绿的，散发着新鲜的气息。

小白兔先做了下热身，蹦蹦、跳跳，活动下四肢。然后开始慢跑，又开始快跑。小白兔的理想是像妈妈那样，跑起来急如流星，快似闪电。

反复练了几遍后，乖乖兔跑得满头大汗，他感到累了，就停下来，坐在草地上休息一会。

自己练，太单调了，有点乏味，没意思。乖乖兔想：要是这时候有个朋友来和他一起玩，一起练，那该多好啊！

正想着，不远处过来了一个，是大头狼。大头狼踱着四方步，肚子鼓鼓的，看样子是早饭吃得太饱了。不过，大头狼走路，永远都是昂着头，挺着胸，精神十足，好像整个世界都属于他似的。

乖乖兔看到大头狼，就十分亲热地打招呼：大头狼大哥，你也来晒晒太阳？

大头狼根本看不起这个白白净净，一副奶油像的乖乖兔，他觉得乖

乖兔太渺小，太柔弱，不配做他的朋友。

大头狼就不屑一顾地"哼"了一声。趾高气扬地从乖乖兔面前走过，直奔一棵大树前。然后，亮出一副格斗的架势，伸出拳头，朝大树猛击。嘴里还喊着号子：哈呵横、哈呵横。

乖乖兔兔一眼就看出来，大头狼这是故意在他面前耍威风。为了给大头狼加油，他就故意拍着巴掌说：大头狼大哥，你好厉害，好威风，好令人羡慕啊！

大头狼把脸仰得高高的，对乖乖兔的夸奖置若罔闻，根本不理会。

乖乖兔看大头狼不愿搭理他，知道大头狼性格暴躁，害怕无意招惹了他，就默默到一旁去练习速跑。

大头狼一看乖乖兔要走，大声说：乖乖兔，过来，咱俩玩捉迷藏。

乖乖兔以为听错了，就停下脚步问：你想和我玩游戏？

大头狼问：怎么，难道你不想跟我玩？

乖乖兔笑着说：没有啊大头狼哥哥，我好高兴你能跟我一起玩。

大头狼说：那好。我藏，你找。玩捉迷藏。

好，我听你的。乖乖兔说着转过身，说：你去藏吧，藏好我了我找你。

大头狼眼睛一转，说：不过我有个条件，

乖乖兔说：好啊，你说吧，我听着呢。

大头狼说：找到我，就算我输，我给你五块钱；你要是找不到，就是你输，你得给我五块钱！

对这个条件，乖乖兔感动很意外。他和豆豆羊慢慢龟他们玩捉迷藏，从来没有给钱的。如果输了，就唱一只歌，或跳一只舞，大家都乐得翻了天。乖乖兔觉这种方式不好，低俗，不健康，这样不就是赌博，不适合小孩玩。就说：还是唱歌跳舞好，给钱不好，这样是赌博！

大头狼眼一瞪，霸气地说：我说怎么玩就怎么玩！你必须听我的。

乖乖兔心里不服气，可看大头狼攥着拳头，脸那么凶，那么吓人，着实叫他害怕。就说：好吧。你说怎么玩就怎么玩。

大头狼呵呵笑了：乖乖兔乖乖兔，给我玩，你输定了。对了，你身

上带五块钱了吗？我可是要现钱！

乖乖兔摸了摸口袋，说：有，只要我输了，保证给你，一分不少。

其实小白兔身上根本没有一分钱，他是骗大头狼的。他对大头狼蛮横无理又气又怕，不敢明斗，只好装着顺从他。但心里却想：大头狼，我一定要用我的智慧战胜你，杀杀你的淫威！

乖乖兔说：开始吧，你藏，我找。

还没等乖乖兔说完，只听嗖的一声，大头狼一阵风似的不知藏到哪里去了。

乖乖兔真的愣住了，草地上很空旷，一览无余，除了耸立着那颗粗壮的大槐树，什么也看不到。

大头狼可能爬到树上去了？可狼是不会爬树的啊。乖乖兔还是仰着头，往树上找。树叶斑驳，洒下金灿灿的斑点，照得乖乖兔的脸很舒服。乖乖兔想，难道大槐树是空心的，大头狼藏树洞去了？小白兔敲敲树，结结实实的，不像空心啊。围着树转一圈，也没发现哪儿有洞口。乖乖兔没泄气，继续皱着眉头找。

其实大头狼就藏在树后。因为树干粗，两个人的胳膊都搂抱不过来。大头狼藏在树后，被树干遮挡得严严实实，乖乖兔根本看不到。当乖乖兔围着树转圈的时候，大头狼也随着转，所以乖乖兔没有发现大头狼。

大头狼好骄傲，他简直乐坏了，五块钱马上要到手了，大头狼自以为很聪明很得意，不由地摇了摇尾巴。

这小小的摇动一下子被乖乖兔发现了，他看到树后一个毛茸茸的东西在动，哈哈哈，这是大头狼的尾巴！乖乖兔悄悄地伸出胳膊，一下拽住了大头狼的尾巴。说：出来吧，我找到你了。

大头狼好后悔，到手的五块钱又飞了！他狠狠地捶了一下自己的脑袋，如果把尾巴老老实实夹住不动，不那么得意忘形，乖乖兔根本就不会找到他，唉，该死的尾巴！不过，大头狼是不会轻易给乖乖兔五块钱的，他才不干这样的傻事呢。果然，大头狼对乖乖兔说：这次不算，再藏一次。如果我再输了，被你找到，一定给你五块钱，不，给你十块！

你看看，我真有十块钱。说着大头狼从口袋里掏出十块钱说：你看，我不会骗你吧！我以信誉担保。

大头狼嘴上说得好听，心里却想：哼，乖乖兔，小傻瓜，看我不耍死你，你赢一百次我也不会给你一分钱，我的钱，你休想得到一分！

乖乖兔说：好，你再藏，我找，现在就开始，好吗？说着乖乖兔转过脸去，双手捂住眼。

大头狼说：等我说开始找，你再转过脸。

乖乖兔说：好，我听你的。

可是，等了好大会，仍然听不到大头狼的声音。乖乖兔问：大头狼，你藏好了吗？开始了吗？

一点声音也没有。

大头狼搞什么鬼，对，他准逃跑了。乖乖兔急忙转过身来，果然，大头狼已经跑出老远了。大头狼看乖乖兔一动不动，在远处得意地放声大笑：乖乖兔，上当了！哈哈哈哈、哈哈哈哈……

可乖乖兔没生气，脸上仍开放着快乐的笑。望着大头狼越跑越远的背影，乖乖兔自言自语：大头狼，我本来就没想要你的五块钱。我怎么会要你的钱呢。我又不是你大头狼啊！

再看远处，大头狼已经不见了。

抢　　救

他躺在手术台上，疼痛使他无法忍受。正准备给他做手术的外科一把刀——孙院长弯下腰安慰他：你忍一忍，很快就不疼了。马上麻醉，准备手术！

他是矿工，被落下的矸石砸成重伤，造成腰脊椎爆裂性骨折。

这时，一位女大夫急急走进手术室，低声对院长说：院长，咋这么巧，刚送来一女孩，被车撞了，生命危急，急需手术！

院长一听急了：你是主治大夫，难道不知怎么处理？快抢救！

女大夫的泪哗地流了：手术室都在使用，我，我怎么办？院长的心咯噔一下，果断命令：快去联系，立刻送往其他最近的医院，一分都不能耽误，快！

女大夫摇摇头：女孩失血百分之70，已接近死亡，即使送到最近的医院也要45分钟的车程，来不及啊！

院长的头一下大了，额上马上冒出黄豆粒般的汗珠：这，这……

大夫，先救女孩吧！我把手术台给女孩。躺在手术台上的他恳求孙院长。

孙院长看着他，摇摇头：不行，你耽误了时间，很可能终身不能动弹，一辈子瘫痪在床，太可怕了。

他笑了一笑：大夫，没你说得那么严重。他试图动弹一下腿给大夫看，才一动，就觉周身如刀扎，他叫了一声，汗珠长满额头。

大夫立即命令：立刻麻醉，开始手术。

不，你们谁都不能动我，否则我就从床上滚下去！他恳求大夫：您放心，我会努力地等您，等把那女孩救过来，再给我手术。我求你了大夫，即使我真瘫痪在床，人生我都经过了，可这女孩，才刚开始啊！

他看大夫犹豫了，接着说：我干矿工15年了，遇到的险情数不清，可每次都化险为夷。大夫，你放心吧，我挺得住。快给女孩做手术！

孙院子似乎受到了感动，轻轻点点头，低声对女大夫说：马上准备给女孩手术！话一出口，又说：把他的爱人叫来。这事还得和她商量。

矿工妻子穿了隔离衣，满脸是泪地来到了手术室。孙院长简单把情况说了，矿工妻子看了看丈夫，又看了看手术室外，哇地哭了，之后，她抹泪水对孙院长说：什么话都别说了，快给我丈夫做手术！

他劝妻子：如果那女孩是咱孩子，你说先救谁？听我的，老婆！妻子的泪流的更凶了，她对大夫说：快给我丈夫手术！他是我们家的顶梁

柱，他毁了，我和孩子咋过？矿工的脸蜡黄，汗珠子从额头一个一个滚下来，他说：老婆，你再想想，如果那孩子没了，她的爹娘怎么过！老婆，这是上天安排好的，让这个孩子分享我的生命，叫我把那小女孩留下来，叫我对他负责任，不然咋会这么巧。把手术台快给女孩吧，时间就是生命啊！

大夫，现在是我做主，手术书是我签的名！矿工妻子听不进丈夫的话，还是坚持自己的意见。

老婆，我知你是好人，是善人。如现在躺在这里的是你，你也会把这最后的机会给孩子，不是吗！？妻子大声哭了：天啊，你为什么要这样惩罚我啊！

他劝妻子：这是好事啊，是上天在给我机会，让我做一件大好事。之后他对孙院长说：快给女孩手术，不然来不及了。

孙院长很无奈：生命是同等重要，手术书已签完，我们要按原则做。

良心就是原则！院长，先救女孩吧。他几乎在哀求了。

女大夫看院长已乱了分寸，说：女孩不能再等了，是留下是转院，你快下决定！

老婆，你替我给院长跪下，叫他先救那个可怜的小女孩。救了孩子就等于救了我。否则我一辈子无法安生！他喘着粗气哀求妻子。看着丈夫急切期待的目光，妻子走到院长，说：那，那就先救孩子吧！院长一把拉住她，紧紧握住她的手。

院长，听他的吧。女人哽咽着说不出话来。

院长说：我代表孩子的家长谢谢您。谢谢你们。

女孩的手术意想不到地顺利……

第三天，他苏醒过来，睁开眼，面前是一个小女孩，坐在轮椅里，膝盖缠着厚厚的绷带，眼里闪着泪花，正端详着他，妻子在一旁，握着女孩的手。他愣了，以为在做梦，问妻子：这个就是那个被撞的女孩？

妻子点点头。

这个小女孩太像咱们的女儿朵朵了！他使劲睁了睁有点昏花的眼

睛，对妻子微笑说。

妻子的泪涌出来，说：就是咱的朵朵啊？

他如丈二的和尚。妻子流着泪说：你救的是咱的朵朵，她的确是咱的朵朵啊……

他一下子呆了……

无人接的电话

那天很冷，风吹在脸上像小刀在割。我怕冷，不愿出门，可老婆非催着我去菜市场买条鲫鱼，说她今天特别想吃红烧鲫鱼，无论如何也得叫我去菜市场给她买。老婆的话，就是圣旨。我二话没说，拿起汽车钥匙，出了家门。

走出电梯口，去车库开车，拐弯处，看一男人石猴子似的蹲在我家车库门前，紧紧裹着军大衣，只露一张脸。眼神有点木讷但很温和。

见我过来，他忙起身，有点不好意思地对我点点头，觉得他碍了我的事。

我问：这么冷，你怎么蹲在这里，找谁？

他难为情地一笑说：我是疏通下水道的，半小时前你们这里有户人家给我打电话，说便池堵了，十万火急要我来，我拿了工具，就打车来了。可到了这儿，再给那户人家打电话，没人接了，光忙音。

你打车来的？我怀疑他的话，一个疏通下水道的，有点太奢侈了吧。

他把手绾在袖口里，鼻子冻得通红，申辩说：是的，我是打车来的。今天太冷，我的摩托车发动机冻死了，怎么也发动不起来，我怕耽

误人家的事,就打车来了。还好,不算远,就花个起步钱。

我问:你不知道那打电话的住几楼几户?

他摇摇头说:不知道,他只告诉我,等我到他楼下打个电话,他就下楼来接我。

我说:没人接,你就回呗!这大冷的天,站在当街,多遭罪!

他看我体贴他,笑容舒展开,说:没事的,我穿着大衣呢,暖和。再等等看,没准他正忙别的事,这会没在家,我再等等。

我说:别等了,你快回去吧,可能那人家的下水道又通了,用不着你了,才不接你电话的。

他笑着摇摇头说:哪能呢。要通了,他准得接我的电话告诉我了,不叫我在这等了。不会的!

我说:不一定,或许那户人家怕你白来一趟,觉得有歉意,不好给你直说;或者怕你问他要钱,收误工费;再或者怕你给他们吵大,叫街坊邻居瞧着不好看。

他忙摇头,讷讷笑了说:我哪能那样,那不是强买强卖吗。我咋能做那样的事呢?!我不是那样的人,就是干了活说没钱给我,我也不会要的!除了钱还有人意呢。人啊,无论到什么年月,都是做好人行好事走的长远,走的稳妥,哪能只看眼前的利益,你说是吧?!。

我忙点头说是,你说得有理。不过你还是快回吧,别再等了,那家看样准不接你电话了。我又叮嘱他:再没人接电话,你就回。

他满脸感激说:谢谢你,你说的对,我再打一次电话,要是再没人接,我就真回了。

看把他说通了,我想,我该去买鱼了。

我发动了车,向市场而去。那个疏通下水道人冻得像生肉一样的脸在眼前晃荡。我想:那人真是一根筋。话又说回来,现在这样的老实人真的不多了。要是换个厉害点的,你打电话叫来了,来到你门口又不接电话,这大冬天叫我搭了工夫白受罪,还不得站在楼下大声骂你,叫你耳朵痒痒心难受啊。我不由得自言自语道:你个疏通下水道的,怎么这么实在这么傻啊!

　　心里惦记着那人，我从超市买了鱼急忙回来。我看见那人还没走，他靠墙根圈腿坐在一块石头上，面前放着他的工具包。

　　见我下车，他忙站起来，脸上哈着热气，讪讪朝我笑笑说：你这么快就回了。我还没走呢，想再等一会。

　　我问：为什么呢？

　　他不好意思起来说：我不是非得想挣这家人的钱。当时那家人打电话说是便池不通，我怕的是，从便池往上冒脏东西，那就麻烦了。我再等等，没准，我一走，他就给我打电话。

　　我一下气就上来了，说他：你怎么这么蠢，你要等到天黑，等到明天早上，等到把自己冻成冰棍吗？我不问三七二十一，拎起他的工具包扔到我车上，对他说：上车！

　　他不知怎么得罪了我，有点摸不着头脑，不知我要干什么，傻傻站着。我指着打开的后车门，催促他：上呀，快上车。他懵懵愣愣坐上我的车，问：干吗去？你带我，去哪里？

　　我说：送你回家，你家在哪里？

　　他说：我不要你送，不要你送，你把我放下来。我坐碰碰车走，两块钱就到家了，现在咱枣庄兴坐这个，可方便了。

　　我说：你真是大好人，人家把你凉在外头这么久，一点不心疼你，你还为他们想那么多干吗？

　　他说：干啥讲啥，我是干这一行的，就得给人家服务好。我什么技术也没有，什么本事也没有，要是这一点事再干不好，那这一辈子就白活了！人啊，活一辈子总得做点什么事吧，做不成大事，小事能做好也成啊。他说着又从大衣的斜口袋里掏出手机，说：我再打一遍，看看他家有人接了吗？之后又说：我是不放心这家人的下水道。

　　我的脸红了说：老兄啊，你就别打了，那个给你打电话要疏通便池的人就是我啊！

　　他猛地愣住，像是被电击了一下，半天没说话。

　　我心里虚，握方向盘的手晃动了一下，车子也随之一晃。我说：对

不起呀！

他说：你真有意思。你这人还真有意思啊！你怎么不接电话直说呢？叫我等得这么烦。

我尴尬地笑笑：谁知我用皮老虎踹了几下，下水道忽地一下通了。这时你的电话打过来，我老婆说别接别接，反正你找不到我家的门，等一会就回了。不然你不会饶了我们，得给我们要误工费。我听老婆说得有道理，所以就没有接……

他说：多跑一趟不是无所谓吗，我怎么会那样做呢。他看着车窗外突然大声叫道：你这是把我拉哪去了，我家不是这个方向，错了！

我说：没错，到了你就知道了。

我在一家羊肉汤馆门前停下了。我给他打开车门说：老兄，下来吧，到了。

他从车上下来，要拎他的工具包。

我说，先把包放车上吧，我请你喝羊肉汤。我说：你别客气，这顿饭是我给你赔罪的。从今天起我就认你做哥们，你这人仗义，够味。

他说：你过奖了，这有什么啊，我只一个疏通下水管道的，应该的！

我俩一前一后进了羊肉汤馆，刚在一靠窗的桌前坐下，我的手机响了，是老婆的电话，以为老婆问我鲫鱼买回了没有。没想到手机里传来老婆的大声叫喊：你快回来，赶快回，不得了，咱家发大水了！便池的下水道又不通了，楼上用的脏水都从咱家冒出来了，恶心死人了，你快给那个疏通下水道的人打电话，叫他赶快来……

那位老兄在旁边听到我老婆的喊叫，站起身就往外走说：不吃了，咱们快，快去你家。

我说：你，你还没吃饭呢，吃完饭再去吧！。

他说：不了，干完活再吃！不然，就来不及了……

于是，我俩上了车，向家里开去……

我们的孩子

那是一个阳光明媚的日子,路边的梧桐花开了,紫色的花朵,在阳光里绚烂成一片片灿烂的霞。不过,我此时的心情坏透了,坏得一塌糊涂。因我正在路上行驶的自行车,突然被路上一根来历不明的铁钉扎爆了。后车胎立刻瘪了,车把猛一打晃,差点把我从车座上跌下来。幸亏我腿长,两脚及时着了地。

我刚从超市买了两袋大米,是五十斤一袋的,都绑在后车架上,自行车就有些不堪重负。可我不能停在这里不走,我只有去前面找个修车的把车胎修好。

我使出全身的力气,推着车子。车轮咯噔咯噔地咬着地,像要赖的孩子。抬头望,前方二百米,有一个长年修理自行车的摊子。

推着走几步,我就累得满头大汗。此时我真盼着有人能来帮我,推推车。可这里是条小路,行人不多,即使有,也是骑电动车或摩托车的,从我身边一闪而过。无奈,我只能眼巴巴地靠自己了。

就在我弯着腰再向前推车时,猛然虚闪一下,顿觉车子轻了许多,扭头向后一看,不知从哪里冒出一个十二三岁的男孩,撑直双臂,撅着屁股,帮我推车呢。我又惊又喜,一边擦汗,一边扭头对我说:谢谢,谢谢你,小朋友!

男孩抬起脸,灿烂对我一笑,说:不用谢,阿姨。

虽然只是回头一瞥,可我却深深看清了男孩的眼睛。那是一双天使般清澈纯净的眼睛啊,又黑又亮,仿佛一潭清水,眼神里含着单纯甜美的快乐。禁不住我再次转过头来看这双迷人的黑的有点发蓝的大眼睛。我忽然想起一首诗:爱神在这里居住,月亮神赋予它灵感。

到了修车的摊子前,男孩帮我一起把车脚架撑起停稳。又像小大人似的检查车子站牢了没有。他确信车子的确牢靠了,才微笑着对我说:

阿姨，再见，我回家了。这时我发现他身后背着一个沉沉的书包。我说：你刚放学啊，孩子？累你了！他男孩说：能帮助人是愉快的事，我很高兴能给阿姨推车。

我问男孩：你上几年级？他告诉我是六年级。我说：真的谢谢你小朋友，你快回家吃饭吧，你妈妈一定做好午饭在等你快点回家呢！男孩高兴地说：是啊，我还有弟弟妹妹呢，我妈每天都做好饭等我们放学回家。我羡慕地说：你妈妈好棒啊，有那么多孩子。我又问：你家住哪儿，离这远吗？男孩说：不远，就在那里。我顺着男孩手指的方向看去，不觉心头一振，有一种被什么击中的疼痛感。那感觉使我始料不及。

那是一片新建的住宅，是一片花园式高档小区，也是我们这个城市最漂亮的楼房。那是一座"儿童村"，是我们当地政政府专为四川和玉树的地震孤儿建的新家园。在儿童村里，每个家庭都有一个专职的妈妈，每个妈妈负责六个孩子的衣食住行。我一下明白了男孩说的"弟弟妹妹"。

阿姨，再见。男孩给我挥手。我回过神来，忙给孩子摆手说孩子，再见。男孩又对我一笑，然后像只快乐的小兔子，一边蹦跳着朝回家的那条小路"走"去，一边回头给我摆手。那双又亮又黑的大眼睛里满是甜美的笑。

修车的老伯问：他不是你的孩子？我说不是。猛然我知道我说错了。忙说是啊，他是我的孩子！老伯纳闷了。我说：他是灾区的孩子。是咱们的孩子啊！老伯仿佛明白什么似的，他看着孩子的背影喃喃地说，是个好孩子，真是个好孩子啊……

春 天 里

郊外，土地湿润松软，散发着乳汁的醇香，野花星星般地遍地开放，像是撒开了自己的无数秘密。小草在微风中晃动，晃得天是那么的蔚蓝，那么干净，仿佛像镜子，人在其中，好似在画中荡漾。

有两女子，一个长发，一个短发，一会走在田间的小路上，一会踩在田埂上，她们享受着这美妙的春光。短发女子话多，声音大，笑声也爽朗；相比一下，长发女子显安静，笑是文雅的，说也是轻轻的，好似唯恐打扰了正在做梦的春风。

春风好似被长发女子的话打搅了，就有风吹过来，风有点愣头愣脑的，绽着油光的树叶就哗啦啦地响，路边的一棵大槐树上就微微地晃，响应着风的吹拂，有些干枯的树枝就簌簌地落，长发女子忙用双手护住头，怕树枝砸乱她的美发。惹得短发女子哈哈大笑。感觉没什么动静了，长发女子抬起头，看到一只红翅膀的鸟从树上飞了，但又不愿飞走，绕树三匝，还是不舍得飞离。鸟儿翅膀扇动，轻盈俊俏，好美的鸟啊。

她们两人断定这棵树上一定有鸟窝，鸟儿肯定是受到她们脚步的惊吓才飞跑的，鸟儿飞得那么犹豫，有些恋恋不舍。这说明一定有令鸟儿不舍离开的东西。对于鸟儿来说，什么是他不舍得离开的呢？那一定是他最爱。作为鸟，最爱是什么？是孩子。但孩子在哪儿住呢？在家里。对，鸟的家是什么？是鸟窝。有鸟窝就可能有小鸟或鸟蛋，对于他们来说，是多么有意思的发现啊！两人的心跳快了起来，她们用手指着茂密的树叶。一点一点地过滤，唯恐鸟窝从她们眼里漏掉。

红姐，刚才飞跑的鸟儿是喜鹊吗？短发女子问长发女子。

不是，小青，我认识喜鹊，喜鹊长得没这么好看。长发女子说。

那它是什么鸟儿？

我也不知道，可能是野花仙子变的精灵吧。长发女子说。

哈哈，红姐，你就会瞎说，哪有什么野花仙子。小青愉快的笑声在树下飘荡。

这是棵老槐树，不知在这田间的小路边生长多少年了。树干沧桑嶙峋，但树冠依然郁郁葱葱生机勃勃，树叶密集茂盛。有一阵微风刮过，小青突然尖声叫道：红姐，找到了，我找到鸟窝了，好大的鸟窝啊，就像我的头这么大。短发女子指着躲藏在树叶后的一个草筐子样的东西给长发女子看。

小红被小青的比喻逗乐了，差点笑弯了腰。接着她也发出欢叫：看到了，我看到了！鸟窝真得好大呀。窝里一定有小鸟吧？

是啊，一定有，也会有鸟蛋。小青肯定地回答，要是我们会爬树就好了，把鸟窝弄下来，带回家给我外甥玩，他还从没见过鸟窝是什么样子的呢。

是啊，可我们都不会爬树啊。小红也很惋惜。。

是啊，鸟窝太高，她们只能惋惜地站在树下长吁短叹。小青不甘心，低头找了一圈，在田埂上捡了一根细细长长的干树脂，双手举过头顶，极力去戳鸟窝。可树棍离鸟窝还差很长的一段距离，气的小青短了一大节，气的小青狠狠地把树枝扔了。撅着嘴看着鸟窝干憋气。

这时，有细碎轻捷的脚步朝她们跑过来。她们回头一看，是一个八九岁小男孩。这个小男孩很吸引人，黑亮的眼里冒着一股机灵和英气。怀里还抱着一只小黑狗，小黑狗老实地趴在男孩怀里。看见两个女子，便用直直的目光注视着她们。

男孩的出现，令她们喜出望外，小青问他：小朋友，你会爬树吗？

男孩喘着气，瞪着疑惑的眼神回答：会啊。他还没搞懂女子的用意。

小红看这男孩身子瘦弱，就有些怀疑，问：这么高的树，你能爬上去？

男孩笑了，笑得有些轻蔑，他知道跟前的这个长头发的姐姐有点不相信他。就有些骄傲地说：能，我常爬这上面来玩。他见这个长头

发的姐姐有点撇嘴，知道是对他说的话不相信，就说：我们农村的小孩都会爬树。从小我们就爬树玩，春天爬树钩槐花，秋天够柿子，夏天逮知了。

小青问：那你能帮我们一个忙吗？

帮什么忙？

爬树。帮我们勾那个鸟窝。

勾鸟窝干嘛？男孩一脸的疑惑，又抬头望了望树。

你看那个鸟窝多大多好玩啊。小青说。

男孩坚决地摇头说：不行，鸟窝是小鸟的家。没有家，小鸟去哪里住？说完，抱着他的狗转身要走。

小青一把拉住男孩的胳膊，说：小朋友，这个可好吃了，又香又甜，保证你从来没吃过，这可是美国的饼干！你帮我们勾下鸟窝，我这包饼干，就送给你！

男孩看着那包好看的美国饼干，嘴里流出了涎水。香味透过包装，弥漫到了到他的鼻子里，他轻轻舔了舔嘴唇，干咽了两口口水。

小青暗笑，她知道，这个小男孩已经被香味诱惑了。她索性来个恶作剧：撕开包装，掰了一小块饼干，放到自己嘴里，轻轻咀嚼，脸上露出满足的样子。

男孩看她的样子，又看看她手里的饼干，最后，男孩狠咽了两口口水说：好吧，我帮你们把鸟窝钩下来。

男孩说着把小狗从怀里放到地上，他拍了拍小狗的头说：听话，别乱跑，不要动。不然我又要到处找你了。原来小男孩出来找他丢失的小狗的。

小青和小红看小狗可爱，弯下腰争着想去抱小狗，小狗却蹬着后腿，昂着头，两眼怒视着她们，嗓子眼里发出"殴殴"的低吼。男孩立刻大声叫道：别乱动！小狗果然很听话，瞪着两只明亮的眼睛，趴下身子，不敢动。

两个女子看小狗这么懂话，啧啧地赞叹。男孩很开心，感觉很有面子似的。

之后男孩来到大槐树前，先将两只胳抱住树干，身子紧紧贴在树皮上，两条腿往上蜷，像一条柔软的蛇，灵巧地向上蠕动。没多大会，就爬了五六米高。小男孩爬得娴熟轻盈。他踩着树叉，站起身，找到恰当的高度，试探地踩踩树枝，树枝颤动了几下，他觉得结实，就踮起脚尖，伸直胳膊，用手扒那鸟窝看。树的光影斑驳地花花点点地照在他身上，微风一吹，斑点蝴蝶样晃来晃去。

男孩突然惊喜地叫道：鸟蛋，鸟蛋，里面有五个鸟蛋！男孩伸出五个手指给小青小红看。

一听有鸟蛋，还是五个，小青欢喜地声音变了腔，对小男孩大声喊道：把鸟蛋拿下来，快拿下来，先叫我们欣赏欣赏。

男孩把手伸进鸟窝，从鸟窝里掏出一只鸟蛋。鸟蛋皮薄薄的，鸟蛋上还沾着杂草，泛着淡淡的绿。男孩看着手里的鸟蛋，端详着，有点爱不释手，笑脸沉浸在兴奋之中。他仿佛忘记自己站在树上，双手捧着鸟蛋竟情不自禁地吻了它一下鸟蛋，就在孩子吻鸟蛋的那一瞬间，蛋壳突然裂开了，漏出一只湿漉漉的肉砣砣，是一直刚刚出生的小鸟。小鸟好像正在睡觉，被男孩的亲吻惊醒了，不知外面发生了什么事，好像受到了惊吓，身子在微微颤抖。男孩想：小鸟这是第一次见人吧。他对小鸟说：我不会伤害你，你别怕，别怕。小鸟啊，你能听懂我的话，是吗？

小红被这一幕惊呆了，她望这男孩手捧的崭新的鸟儿，激动地说不出话来。

小青在下面不停对男孩喊：快把小鸟给我，快把鸟儿给我！

男孩好像没听见她的叫声，依然盯着那刚出生的鸟儿端详。鸟儿的味道腥腥的，暖暖的，男孩抽搐了两下鼻翼，他从小鸟的身上闻到了一股气息，是很久以前在妈妈怀里的气息，亲亲的，有着奶味的腥，有着怀抱里的暖，这久违的气息，激荡着男孩，让他滋生出百般的爱怜和亲切。他把小鸟像母亲抱他一样捧在胸前，眼里竟忍不住地掉下泪来。那是两粒如水晶一样晶莹剔透的珍珠，流在了孩子的腮上。此时，男孩感觉自己已和小鸟成为一体，他觉得自己就是小鸟了，这么孤单，这么无助，又这么可怜……

小青的喊叫声惊醒了男孩，小青说：小孩，你睡着了，快把小鸟拿下来，太好玩了，快拿下来送给我们。见小男孩不理睬，小青又用物质诱惑：给我们我就给你好吃的饼干。见小男孩还是不理，小青突然从口袋里掏出50块钱，举在手里晃着给男孩看：我就算买你的小鸟好吗，给你钱。

男孩低头俯视着小青和小红，她们昂着脸在看着他，那模样好恳切，在正午的阳光下，她们的脸白白的，好光鲜。

看着两个目光急切的姐姐，和她们手中晃动的钞票，男孩沉吟了一会。之后，男孩竟小心翼翼地把小鸟捧回到鸟窝里。然后不顾小青的叫喊，不声不响地，双手搂着树干，从树上"刺溜"滑下来了！

小狗立刻摇着尾巴，朝男孩身上扑，要男孩抱它。

此时，这个不听话的男孩，一脸无辜地站在她们面前，小青的怒气一下爆发了，她瞪视男孩，眼里嗤嗤冒着火星，说：你这个小孩真坏，叫你把小鸟给我们你不给，真气人！你别想要我们的饼干和钱！

小男孩也很生气说：谁不稀罕你们的饼干和钱。小鸟不能给你，谁都不能给！之后又说：你知道吗？鸟窝是小鸟的家，这里有它的妈妈，离开妈妈小鸟会痛苦的。鸟妈妈找不到自己孩子，会更痛苦的。

小青听了心里一颤，嘴上却强词夺理：小鸟不是人，它哪里懂那么多事，你把它交给我，我就是它的妈妈。

小男孩说：不行。那也不行！如果你的孩子被人家抱走了，你难过吧。

小青没想到小男孩说出这种话，她还没结婚呢，她恼怒了，伸出手，气咻咻地用指头指了一下男孩的头，说：兔崽子，没家教的，敢给大人胡说八道！

小男孩没防备，备小青的指头戳地一个趔趄，差点蹲到地上。

小狗好像明白发生了什么，呲着牙，伸着脖子，朝小青吠叫。

男孩被小青的突然举动吓了一跳，他愣怔地看着女子，屈辱的眼泪顿时夺眶而出。

男孩责问小青：你为什么打人？

小青嘴上还硬：指你一下就叫打人？你也太娇气了吧。难道你爹妈就没打过你？一看你就是不听话的孩子

小男孩说：你才是不听话的孩子。你是坏女人，心狠。

小青又举起了手，小红一把拉住她的胳膊。说：你怎么能这样，你没感觉他是个好孩子，是个心善的孩子吗？小红用目光抚慰着孩子。

小红看男孩眼里含泪，拉起他的手，把那包点心塞到男孩手里。男孩接过饼干，猛地扔在地上，脸憋得通红，看样他想说什么，却又没有说，只是抱起他的小黑狗，转身走了，小男孩的身影很倔强，步履很坚定，朝小路那头村庄走去。他的家大概就在那个小村里吧。男孩单薄的背影越来越小，渐渐地消失在下午的阳光里，消失在她们两人的目光里……

小红一直注视着孩子的背影，直至远了，看不见了，才回过头来。她对小青毫不掩饰自己的气愤，说：你怎么能这样？我知道你心里有气，我也知道你今天是强装笑颜，可你对这个小男孩，你怎么能这么凶？你再失恋了，你心里再有着多么大的痛苦，也不能把对那个不值得爱的人的怨气撒到这个小男孩的身上！一个小孩子能有这份悲悯心，他长大了，准是一个心地善良的好人，我们得向他学习！之后，小红用手拍了拍小青的肩膀，说：小青，你知道吗？你把一个好孩子的心伤了，并且，伤得那么重，孩子一定会给你一样的，很痛……

小青抬起了头，眼里长出两汪泉来，她没有为自己辩解，只是流着泪叫了声：红姐……

事情过去一个星期了，小青终于从失恋的阴霾中走出来了，可想起他对小男孩的凶，小青心里却沉甸甸的。她伤了一颗善良的心，她觉得像是欠了男孩的债，男孩那纯真无邪的大眼睛，常常在她脑海里出现，使她陷入深深地愧疚里折磨中。终于，她决定再和小红去那个小村庄一趟，去看望那个男孩，当面给小男孩道歉，向他说声对不起。她打电话给小红说：陪我去看看我伤害的那个男孩吧，我要亲自向他道歉，承认过错，得到男孩的原谅，好吗？……

这天上午，她们终于成行了。此时静籁的太阳照得人身上暖洋洋

的，她们手里拎着礼物，当然包里装满了各种各样的美味吃食。

村子子不大，住着几十几户人家。在村头她们碰到了一个四十多岁的村妇大嫂。随着她手指的方向，她们两人很快就找到了男孩的家。

两扇大门虚掩着，木头门板没刷漆，黑糊糊的陈旧不堪，有一扇门板的铆钉已经掉了，半拉子歪斜着。石头垒的院墙，到处漏着洞。推开门，院子里一片杂乱凋零，只有两棵枣树长的茂盛，此刻的枣树正在开花，小米粒似的鹅黄色小花正在绽放着，芳香宜人。

听到动静，黑漆漆的屋里走出一个五十多岁的男人，男人身上满是尘土，好像在干着什么活。小青问：是不是有一个八九岁的男孩住在这里。

男人说：有，有个男孩住在这里。

小红问：大叔，他在哪里？我们是来找他的。

男人看看两个女子手里拎着那么多东西，打量着她们问：你们是城里慈善会的，来给他送东西的是吗？

小青说：我们不是慈善会的，请问你是孩子的什么人？

男子说：我不是孩子的什么人，我和他没有任何关系。只是我现在买了这房子，现在这里是我的家了，我打算在这里搞蘑菇种植。

小红和小青相互看看，越看越发呆，没想到出了这么奇怪的事。

男人说：孩子走了，走了个把星期，你们恐怕难找到他了。

小青问：怎么回事？孩子去了哪里了，很远吗？

男子说：不知道。听村委会的领导说，孩子被一户他有钱的人家接城里去了，听说那人家不能生育，领养了这孩子。是用小轿车接走了。

小红问：他为什么被领养？小男孩的父母呢？

男子叹了口气说：哎，这孩子命苦，真是命苦。他是个孤儿。

孤儿？

男子说：他两岁的时候，他爸爸在小煤井挖煤砸死了。他妈妈有羊角风病，他爸爸死了没两年，她妈妈去河边洗衣服，羊角风病突然发作，一头栽到河里淹死了。四岁的孩子，没爹没妈怎么办，村领导一商量就把孩子托付给了孩子的亲戚家，他的一个表叔家。现在孩子越长越大了,孩子懂事了,不想跟他表叔家过,除了跟他表叔家一天吃那两顿饭,没事就偷偷跑回自己家,晚上也不去他表叔家睡。孩子成天抱着个小黑狗,夜里睡觉白天上学都抱着。一个小孩子,孤零零的多叫人担心。他表叔实在不想操这个心了,害怕孩子出意外担不起责任,就又把孩子交给了村委会。最后不知道怎么回事,这孩子又被一个有钱人领走了……

这出乎所料的结果使小红和小青目瞪口呆心痛不已,孩子那委屈的泪眼,又开始在她脑海里浮现……

她们两人来到那颗大槐树旁,抬头向那棵树上望去,鸟窝里传出叽叽喳喳的叫声。小青问:红姐,那个男孩他会记恨我吗?

小红说:他不会。不会的。

小青问:为什么?

小红用手指了一下鸟说:小鸟不会因为谁欺负了它而不为春天歌唱的。那个男孩是个善良的孩子,他会很快忘记你对他凶的这件事的。

小青问:为什么啊?

小红说:因为小男孩的心善,善良人的心里是时时刻刻春天啊!

小青明白了,抬头看着树上的鸟巢,小鸟们在欢快着叫着,为这个春天歌唱着!